Henri VI (2

William Shakespeare

(Translator: François Guizot)

Alpha Editions

This edition published in 2023

ISBN : 9789357931762

Design and Setting By
Alpha Editions
www.alphaedis.com
Email - info@alphaedis.com

Contents

ACTE PREMIER

SCÈNE I

Londres.--Une salle d'apparat dans le palais.

Fanfares et trompettes, suivies de hautbois. Entrent d'un côté LE ROI HENRI, LE DUC DE GLOCESTER, SALISBURY, WARWICK, ET LE CARDINAL BEAUFORT; *de l'autre*, LA REINE MARGUERITE, *conduite par* SUFFOLK *et suivie de* YORK, SOMERSET, BUCKINGHAM *et plusieurs autres.*

SUFFOLK, *s'avançant vers le roi*.--Chargé, à mon départ pour la France, en qualité de représentant de votre haute et souveraine majesté, d'épouser pour elle et en son nom, la princesse Marguerite, c'est dans la fameuse et ancienne ville de Tours, qu'en présence des rois de France et de Sicile, des ducs d'Orléans, de Calabre, de Bretagne et d'Alençon, de sept comtes, de douze barons et de vingt respectables évêques, j'ai rempli mon office et épousé la princesse: aujourd'hui, je viens humblement le genou en terre, à la vue de l'Angleterre et des lords ses pairs, remettre le titre que j'ai acquis sur la reine entre les mains de Votre Majesté, qui est la réalité d'où provient cette ombre auguste dont je n'ai fait qu'offrir l'image. Voici le plus précieux don que marquis ait jamais pu faire, la plus belle reine que roi ait jamais reçue.

LE ROI.--Suffolk, levez-vous,--reine Marguerite, soyez la bienvenue. Je ne puis vous donner de mon amour un gage plus tendre que ce tendre baiser.-- O toi, mon Dieu, qui me prêtes la vie, prête-moi aussi un coeur plein de reconnaissance! Car tu as donné à mon âme, dans cet objet plein de charmes, un monde de félicités terrestres, si tu permets que la sympathie unisse nos pensées dans un mutuel amour.

MARGUERITE.--Grand roi d'Angleterre, et mon gracieux seigneur, le jour ou la nuit, éveillée, ou dans mes songes, au milieu de la cour, ou en faisant mes prières, je me suis si souvent entretenue dans ma pensée avec vous, mon souverain chéri, que j'en deviens plus hardie à saluer mon roi dans un langage sans art, tel qu'il se présente à mon esprit, et que me l'inspire la joie dont déborde mon coeur.

LE ROI.--Sa beauté ravit, mais la grâce de ses discours, ses paroles qu'embellit la majesté de la sagesse, me font passer de l'admiration aux larmes de la joie, tant mon coeur est plein de son bonheur!--Lords, que vos joyeuses voix saluent unanimement ma bien-aimée.

TOUS LES PAIRS.--Longue vie à la reine Marguerite, la joie de l'Angleterre!

MARGUERITE.--Nous vous rendons grâces à tous.

(Fanfares.)

SUFFOLK, au duc de Glocester.--Lord protecteur, permettez-moi de présenter à Votre Grâce les articles de la paix contractée entre notre souverain et Charles, roi de France, et conclue, d'un commun accord, pour l'espace de dix-huit mois.

GLOCESTER lit.--«*Imprimis*, il est convenu, entre le roi français Charles [1] et William de la Pole, marquis de Suffolk, ambassadeur de Henri, roi d'Angleterre, que ledit Henri épousera la princesse Marguerite, fille de René, roi de Naples, de Sicile et de Jérusalem, et la fera couronner reine d'Angleterre, avant le trente de mai prochain.

«*Item*. Que le duché d'Anjou et le comté du Maine seront évacués et remis au roi son père.»

Note 1: (retour) The French king. Le roi d'Angleterre, dans ce traité, ne reconnaît Charles ni pour roi de France, ni pour roi des Français, mais simplement pour roi français.

LE ROI.--Mon oncle, qu'avez-vous?

GLOCESTER.--Pardonnez, mon gracieux seigneur. Un saisissement soudain a pressé mon coeur et obscurci mes yeux tellement que je ne puis en lire davantage.

LE ROI.--Mon oncle de Winchester, continuez, je vous prie.

LE CARDINAL.--«*Item*. Il est de plus convenu entre eux que les duchés d'Anjou et du Maine seront évacués et remis au roi son père, et que la princesse sera envoyée à Londres, aux frais et dépens du roi d'Angleterre, et sans dot.»

LE ROI.--Je suis satisfait des articles. Lord marquis, mets-toi à genoux. Nous te créons ici premier duc de Suffolk, et te ceignons de l'épée.--Mon cousin d'York, vos fonctions de régent dans nos provinces de France sont suspendues jusqu'à la complète expiration des dix-huit mois.--Je vous remercie, mon oncle de Winchester, Glocester, York, Buckingham, et vous, Somerset, Salisbury et Warwick, des marques d'affection que vous venez de me donner par l'accueil que vous avez fait à ma noble reine. Venez, rentrons et ordonnons avec toute la diligence possible les apprêts de son couronnement.

(Sortent le roi, la reine et Suffolk.)

GLOCESTER.--Braves pairs de l'Angleterre, piliers de l'État, c'est dans votre sein que le duc Humphroy doit déposer le fardeau de sa douleur, de votre douleur, de la douleur commune à toute notre patrie. Eh quoi! mon frère Henri aura donc prodigué, dans les guerres, sa jeunesse, sa valeur, son peuple et ses trésors; il aura si souvent habité en plein champ, en proie, soit au froid de l'hiver, soit aux ardeurs dévorantes de l'été pour conquérir la France, son légitime héritage; et mon frère Bedford aura fatigué son esprit à conserver, par la politique, ce qu'avait conquis Henri; vous-mêmes, Somerset, Buckingham, brave York, Salisbury, et vous, victorieux Warwick, vous aurez reçu de profondes blessures en France et en Normandie; mon oncle Beaufort, et moi-même, avec les sages assemblées du royaume, nous aurons médité si longtemps, tenu conseil durant de longues journées, discutant en tous sens les moyens de tenir dans la soumission la France et les Français; Sa Majesté aura été, dans son enfance, couronnée dans Paris, en dépit de ses ennemis; et tant de travaux, tant d'honneurs vont être perdus! La conquête de Henri, la vigilance de Bedford, vos exploits, tous nos conseils seront perdus! O pairs d'Angleterre, cette alliance est honteuse, ce mariage fatal! Il anéantit votre renommée, efface vos noms du livre de mémoire, détruit les titres de votre gloire, renverse les monuments de la France asservie, et défait tout ce qui a jamais été fait.

LE CARDINAL.--Mon neveu, que signifient ce discours si passionné et les images accumulées dans votre péroraison? La France est à nous, et nous prétendons bien la conserver toujours.

GLOCESTER.--Oui, sans doute, mon oncle, nous la conserverons si nous le pouvons; mais à présent il est impossible que nous le puissions. Suffolk, ce duc de nouvelle fabrique qui fait ici la pluie et le beau temps [2], a donné les duchés du Maine et de l'Anjou à ce pauvre roi René, dont le style boursouflé s'accorde mal avec la maigreur de sa bourse.

SALISBURY.--Et par la mort de celui qui mourut pour tous, ces deux comtés étaient les clefs de la Normandie... Mais de quoi pleure Warwick, mon valeureux fils?

WARWICK.--De la douleur de les voir perdus sans retour: car s'il y avait quelque espoir de les reconquérir, mon épée ferait couler un sang fumant et mes yeux ne verseraient point de larmes. Anjou et Maine, c'est moi qui les avais conquis, voilà les bras qui ont assujetti ces provinces; et ces villes que j'ai gagnées par mes blessures, on les rend pour des paroles de paix! Mort-Dieu [3]!

Note 2: (retour) *That rules the roast*, qui gouverne le rôti.

Note 3: (retour) Warwick prononce ce jurement en français.

YORK.--C'est le duc de Suffolk! Puisse-t-il être étranglé, lui qui ternit l'honneur de cette île belliqueuse! La France eût arraché et déchiré mon coeur, avant qu'on m'eût vu souscrire à ce traité. J'ai vu partout dans l'histoire les rois d'Angleterre recevant avec leurs épouses de fortes sommes d'or, des dots considérables: et notre roi Henri abandonne ce qui lui appartient pour épouser une fille qui n'apporte avec elle aucun avantage.

GLOCESTER.--C'est une vraie plaisanterie, une chose inouïe, que Suffolk demande un quinzième tout entier pour les frais de son transport. Elle eût pu rester en France; elle eût pu mourir de faim en France avant que je....

LE CARDINAL.--Milord Glocester, vous vous échauffez trop; cela s'est fait par le bon plaisir de notre seigneur et roi.

GLOCESTER.--Milord Winchester, je connais vos dispositions: ce ne sont pas mes discours qui vous déplaisent, c'est ma présence qui vous gêne.--Ta haine se fait jour, prélat superbe; je vois ta fureur sur ton visage. Si je restais plus longtemps, nous recommencerions nos anciens démêlés. Adieu, lords; et, quand je ne serai plus, dites que j'ai été prophète: avant peu, la France sera perdue pour nous.

(Il sort.)

LE CARDINAL.--Voilà le protecteur qui nous quitte plein de rage. Vous savez qu'il est mon ennemi; je dirai plus, il est votre ennemi à tous, et je le crois fort peu ami du roi. Faites-y attention, milords, il est le plus proche du trône par le sang et l'héritier présomptif de la couronne d'Angleterre. Quand Henri, par son mariage, aurait acquis un empire et toutes les riches monarchies de l'Occident, Glocester eût encore eu des raisons pour en être mécontent. Prenez-y garde, milords; ne laissez pas séduire vos coeurs par ses paroles insidieuses: soyez prudents et circonspects; car bien qu'il ait la faveur du peuple, qui l'appelle *Humphroy, le bon duc de Glocester!* frappe des mains et crie à haute voix: *Que Jésus conserve Votre Altesse Royale! que Dieu garde le bon duc Humphroy!* je crains, milords, qu'avec tout cet éclat flatteur il ne devienne un protecteur dangereux.

BUCKINGHAM.--Pourquoi serait-il le protecteur de notre souverain, maintenant d'âge à se gouverner par lui-même? Mon cousin de Somerset, joignez-vous à moi, et unissons-nous tous deux avec le duc de Suffolk, et nous aurons bientôt fait sauter de son poste le duc Humphroy.

LE CARDINAL.--Cette importante affaire ne souffrira point de délais: je me rends à l'instant chez le duc de Suffolk.

(Il sort.)

SOMERSET.--Cousin de Buckingham, quoique l'orgueil d'Humphroy et l'éclat de sa place ne laissent pas de nous être pénibles, crois-moi, surveillons avec soin ce hautain cardinal: son insolence est plus insupportable que ne le serait celle de tous les autres princes de l'Angleterre. Si Glocester est renversé, c'est lui qui sera protecteur.

BUCKINGHAM.--Toi, Somerset, ou moi, nous devons l'être, en dépit du duc Humphroy et du cardinal.

(Sortent Buckingham et Somerset.)

SALISBURY.--L'orgueil s'est mis le premier en mouvement, l'ambition le suit. Tandis qu'ils vont travailler pour leur fortune, il nous convient de travailler pour le pays. Je n'ai jamais vu Humphroy, duc de Glocester, se conduire autrement qu'il n'appartient à un digne gentilhomme; mais j'ai vu souvent cet orgueilleux cardinal, plus semblable à un soldat qu'à un homme d'église, et aussi fier, aussi hautain que s'il eût été maître de tout, je l'ai vu blasphémer comme un brigand, et se comporter d'une manière bien peu convenable au régulateur d'un empire. Warwick, mon fils, l'appui de ma vieillesse, tes actions, ta franchise, ton hospitalité, t'ont placé dans le coeur de la nation plus haut qu'aucun autre, si ce n'est le bon duc Humphroy. Et vous, mon frère York, vos soins en Irlande, pour soumettre ses habitants au joug régulier des lois [4], et vos derniers exploits dans le coeur de la France, tandis que vous y exerciez la régence au nom de notre souverain, vous ont fait craindre et respecter des peuples. Unissons-nous ensemble, dans la vue du bien public, pour réprimer et contenir, autant qu'il nous sera possible, l'orgueil de Suffolk et du cardinal, ainsi que l'ambition de Somerset et de Buckingham; et soutenons de tout notre pouvoir la marche du duc Humphroy, puisqu'elle tend à l'avantage du pays.

WARWICK.--Que Dieu seconde Warwick, comme il aime la patrie et le bien général de son pays!

YORK.--York en dit autant, car il a plus que personne sujet de le désirer.

SALISBURY.--Ne perdons pas un instant; et voyons où ceci nous mène [5].

Note 4: (retour) Le duc d'York avait épousé une soeur consanguine du comte de Salisbury. Il ne fut vice-roi d'Irlande que quelques années plus tard, comme on le verra dans la suite de cette pièce.

Note 5: (retour) *Look unto the main. Unto the main! O father, Maine is lost. Look unto the main* signifie: songeons au plus important. Il a fallu passer à côté du sens littéral, pour conserver quelque chose du jeu de mots entre *main* et *Maine*, et de même dans la suite du discours de Warwick, où celui-ci dit avoir conquis le Maine, *by main force* (par une très-grande valeur, etc.)

WARWICK.--Où ceci nous mène? ô mon père! le Maine est perdu, le Maine que Warwick avait conquis avec le courage qui le mène, et qu'il aurait gardé tant qu'il aurait eu un souffle de vie! Mon père, vous demandiez où ceci nous mène, et moi, je ne parle que du Maine que je reprendrai sur la France, ou j'y périrai.

(Sortent Salisbury et Warwick.)

YORK.--Le Maine et l'Anjou sont cédés aux Français! Paris est perdu; le sort de la Normandie ne tient plus qu'à un fil fragile: maintenant que nous avons perdu le reste, Suffolk a conclu ce traité, les pairs y ont accédé, et Henri s'est trouvé satisfait d'échanger deux duchés contre les charmes de la fille d'un duc. Je ne saurais les en blâmer; car que leur importe? C'est de ton bien, York, qu'ils disposent, et non du leur. Des pirates peuvent faire bon marché de leur pillage, en acheter des amis, le prodiguer à des courtisanes, et se réjouir, comme de grands soigneurs, jusqu'à ce que tout soit dissipé, tandis que l'impuissant propriétaire de ces richesses les pleure, tord ses faibles mains, et tremblant, secouant la tête, demeure à regarder de loin ceux qui se partagent et emportent son bien, sans oser, dans la faim qui le presse, y porter sa main. Comme lui, il faut qu'York reste assis, enrageant et mordant ses lèvres, tandis que les pays qui lui appartiennent sont vendus à l'encan.--Il me semble que ces trois royaumes, d'*Angleterre*, de *France*, d'*Irlande*, sont à ma chair et à mon sang ce qu'était au prince de Calydon ce fatal tison d'Althée, qui en brûlant consumait son coeur. L'Anjou et le Maine, tous deux abandonnés aux Français! tristes nouvelles pour moi, car j'espérais posséder la France, aussi bien que les champs fertiles de l'Angleterre. Un jour viendra où York pourra réclamer son bien. Dans cette vue, je veux m'associer au parti des Nevil, et faire montre d'affection pour l'orgueilleux duc Humphroy; et, dès que je pourrai saisir l'occasion favorable, revendiquer la couronne; car c'est à ce but brillant que je vise. Et il ne sera pas dit que l'orgueilleux Lancastre usurpe mes droits, retienne le sceptre dans une main d'enfant, et porte le diadème sur cette tête dont les inclinations de prêtre conviennent mal à la couronne. Sois donc patient et tranquille, York, jusqu'à ce que l'occasion te favorise; épie le moment, et veille, pendant que les autres dorment, pour pénétrer dans les secrets de l'État, jusqu'à ce que Henri, enivré de l'amour de cette nouvelle épouse, de cette reine si chèrement achetée par l'Angleterre, et Glocester et les pairs soient tombés dans la discorde. Alors j'élèverai dans les airs la rose blanche comme le lait, et je les parfumerai de sa douce odeur; je porterai sur mon étendard les armes d'York, pour lutter avec la maison de Lancastre; et je le forcerai bien à me céder la couronne, ce roi, dont les maximes scolastiques ont battu notre belle Angleterre. (*Il sort.*)

SCÈNE II

Toujours à Londres, un appartement dans le palais du duc de Glocester.

Entrent GLOCESTER ET LA DUCHESSE.

LA DUCHESSE.--Pourquoi mon seigneur semble-t-il ployer comme l'épi mûr, forcé de courber sa tête sous le poids des libéralités de Cérès? Pourquoi le grand duc Humphroy fronce-t-il le sourcil comme irrité à l'aspect du monde? Pourquoi tes yeux demeurent-ils attachés sur la terre insensible, occupés à considérer un objet qui semble obscurcir ta vue? Qu'y aperçois-tu? Le diadème du roi Henri, enrichi de tous les honneurs de l'univers? si ta pensée est là, continue à y fixer tes yeux, et prosterne ta face jusqu'à ce que tu en aies couronné ta tête. Étends ta main pour atteindre à ce glorieux métal. Quoi! serait-elle trop courte? je l'allongerai de la mienne, et quand à nous deux nous l'aurons soulevé, tous deux nous élèverons nos têtes vers le ciel, et notre vue ne s'abaissera plus jamais jusqu'à accorder un coup d'oeil à la terre.

GLOCESTER.--O Nell, chère Nell, si tu aimes ton seigneur, chasse le ver dévorant de ces ambitieux désirs, et puisse la première pensée de nuire à mon roi et à mon neveu, le vertueux Henri, être mon dernier soupir dans ce monde périssable! Les songes inquiétants de cette nuit ont jeté la tristesse dans mon âme.

LA DUCHESSE.--Qu'a rêvé mon seigneur? Dis-le-moi, et je t'en récompenserai par le charmant récit du songe que j'ai fait ce matin.

GLOCESTER.--Il m'a semblé que le bâton de commandement, signe de mon office à la cour, avait été rompu en deux. Par qui? Je l'ai oublié; mais si je ne me trompe, c'était par le cardinal; et sur les deux bouts de ce bâton brisé étaient placées les têtes d'Edmond, duc de Somerset, et de Guillaume de la Pole, premier duc de Suffolk. Tel a été mon songe: ce qu'il présage, Dieu le sait!

LA DUCHESSE.--Eh quoi, la seule chose que cela puisse nous annoncer, c'est que quiconque rompra un rameau du bocage de Glocester payera de sa tête une semblable audace. Mais écoute-moi, maintenant, mon Humphroy, mon cher duc. Il m'a semblé que j'étais solennellement assise sur un siége royal, dans l'église cathédrale de Westminster, et dans ce fauteuil où les rois et les reines sont couronnés. Henri et dame Marguerite ont plié le genou devant moi, et sur ma tête ils ont placé le diadème.

GLOCESTER.--En vérité, Éléonor, tu me forces à te réprimander sévèrement. Présomptueuse que tu es, malapprise, Éléonor, n'es-tu pas la seconde femme du royaume, la femme du protecteur, l'objet chéri de sa tendresse? N'as-tu pas à ta disposition une plus grande abondance des joies de ce monde que n'en peut atteindre ou concevoir ta pensée? Et tu veux continuer à trouver des trahisons, pour précipiter ton mari et toi-même, du faîte des honneurs, au plus bas degré de la honte! Laisse-moi, je ne veux plus rien entendre.

LA DUCHESSE.--Eh quoi, quoi donc, milord! tant de colère contre Éléonor, pour vous avoir raconté son rêve! Dorénavant, je garderai mes rêves pour moi seule, et je ne m'exposerai plus à ces reproches.

GLOCESTER.--Allons, ne te fâche pas, me voilà de nouveau de bonne humeur.

(Entre un messager.)

LE MESSAGER.--Milord protecteur, le bon plaisir de Sa Majesté est que vous vous disposiez à monter à cheval pour Saint-Albans, où le roi et la reine ont l'intention d'aller chasser au faucon.

GLOCESTER.--Je vais m'y rendre. Allons, Nell, tu viendras avec nous.

LA DUCHESSE.--Oui, mon cher lord, je vous suis. (*Sortent Glocester et le messager.*) Il faut bien que je suive; je ne peux marcher devant, tant que Glocester portera cette âme abjecte et servile. Si j'étais un homme, un duc, un prince du sang, j'écarterais bientôt ces incommodes obstacles; j'aplanirais mon chemin par-dessus leurs troncs mutilés: mais, quoique femme, je ne négligerai pas le rôle que j'ai à jouer dans cette cérémonie de la fortune. Où êtes-vous, sir John? Eh non, homme, ne crains rien; nous sommes seuls; il n'y ici que toi et moi.

(Entre Hume.)

HUME.--Jésus conserve votre royale Majesté!

LA DUCHESSE.--Que dis-tu, Majesté? je n'ai que le titre de Grâce.

HUME.--Mais par la grâce du ciel et les conseils de Hume, le titre de Votre Grâce sera bientôt agrandi.

LA DUCHESSE.--Homme, qu'as-tu à me dire? As-tu conféré avec Margery Jourdain, cette habile sorcière, et Roger Bolingbrook, qui conjure les esprits? Entreprendront-ils de me servir?

HUME.--Ils m'ont promis de faire paraître devant Votre Grandeur un esprit évoqué des profondeurs de la terre, qui répondra à toutes les questions que pourra lui faire Votre Grâce.

LA DUCHESSE.--Il suffit. Je songerai aux questions. Il faut qu'à notre retour de Saint-Albans, ils accomplissent entièrement leurs promesses. Toi, Hume, prends cette récompense, et va te réjouir avec tes associés dans cette importante opération.

(Elle sort.)

HUME.--Hume a ordre de se réjouir avec l'or de la duchesse: vraiment, il n'y manquera pas. Mais songez-y bien, sir John Hume, mettez un sceau à vos lèvres, et ne prononcez pas un mot, si ce n'est, chut. Cette affaire exige un profond secret.--Dame Éléonor me donne de l'or, pour lui amener la magicienne! Fût-ce le diable, son or ne peut venir mal à propos; et l'or m'arrive encore d'un autre point du compas; j'ose à peine le dire, du riche cardinal et de ce puissant et nouveau duc de Suffolk; cependant, cela est ainsi, et à parler franchement, connaissant l'humeur ambitieuse de dame Éléonor, ils me payent pour tramer secrètement la ruine de la duchesse, et lui mettre dans la tête ces idées d'apparitions. On dit qu'habile fripon n'a pas besoin de courtier: cependant je suis le courtier de Suffolk et du cardinal.--Mais prenez donc garde, Hume, il ne s'en faut de rien que vous ne parliez d'eux comme d'une paire d'habiles fripons. A la bonne heure, puisqu'il en est ainsi. Je crains bien qu'en définitive, la friponnerie de Hume ne soit la perte de la duchesse, et sa disgrâce, la chute d'Humphroy. Arrive qui pourra, j'aurai de l'argent de tout le monde.

(Il sort.)

SCÈNE III

Toujours à Londres.--Une salle du palais.

Entrent PIERRE *et plusieurs autres avec des pétitions.*

PREMIER PÉTITIONNAIRE.--Restons là tout près, mes maîtres. Milord protecteur va bientôt passer par ici, nous pourrons alors lui présenter nos suppliques par écrit.

DEUXIÈME PÉTITIONNAIRE.--Ma foi, Dieu le conserve, car c'est un brave homme. Jésus le bénisse!

(Entrent Suffolk et la reine Marguerite.)

PREMIER PÉTITIONNAIRE.--Je crois que le voilà qui vient, et la reine avec lui. Je serai le premier, c'est sûr.

DEUXIÈME PÉTITIONNAIRE.--En arrière, imbécile. C'est le duc de Suffolk, et non pas milord protecteur.

SUFFOLK.--Eh bien, qu'y a-t-il? me veux-tu quelque chose?

PREMIER PÉTITIONNAIRE.--Je vous prie, milord, pardonnez; je vous ai pris pour milord protecteur.

MARGUERITE, *lisant le dessus des pétitions.--Milord protecteur!* C'est à Sa Seigneurie que vos suppliques s'adressent? Laissez-moi les voir.--Quelle est la tienne?

DEUXIÈME PÉTITIONNAIRE.--La mienne, avec la permission de Votre Grâce, est contre John Goodman, un des gens de milord cardinal, qui m'a pris ma maison, mes terres, ma femme et tout.

SUFFOLK.--Ta femme aussi? Cela n'est pas trop bien, en effet. Et vous, la vôtre?--Qu'est-ce que c'est? (*Il lit.*) Contre le duc de Suffolk, pour avoir fait enclore les communes de Melfort. Comment, monsieur le drôle!

PREMIER PÉTITIONNAIRE.--Hélas! monsieur; je ne suis qu'un pauvre citoyen chargé des plaintes de toute notre ville.

PIERRE, *présentant sa pétition.*--Contre mon maître Thomas Horner, pour avoir dit que le duc d'York était le légitime héritier de la couronne.

MARGUERITE.--Que dis-tu là? Le duc d'York a-t-il dit qu'il était l'héritier légitime de la couronne?

PIERRE.--Que mon maître l'était? non vraiment. Mais mon maître a dit qu'il l'était, et que le roi était un usurpateur.

(Entrent des domestiques.)

SUFFOLK.--Y a-t-il quelqu'un là? Retenez cet homme et envoyez chercher son maître par un huissier. Nous nous occuperons de votre affaire en présence du roi.

(Les domestiques sortent avec Pierre.)

MARGUERITE.--Et vous qui aimez à être protégé des ailes de votre duc protecteur, vous pouvez recommencer vos suppliques et vous adresser à lui. (*Elle déchire leurs requêtes.*) Sortez, canaille. Suffolk, renvoyez-les.

TOUS.--Allons, sortons.

(Ils sortent.)

MARGUERITE.--Milord de Suffolk, parlez. Sont-ce là vos usages? est-ce là la mode de la cour d'Angleterre, le gouvernement de votre île britannique? est-ce là la royauté d'un roi d'Albion? Eh quoi! le roi Henri demeurera-t-il éternellement sous la domination du sombre Humphroy? Et moi, reine seulement de nom et pour la forme, faut-il que je sois la sujette d'un duc? Je te le dis, Pole, quand dans la ville de Tours, tu rompis une lance pour l'amour de moi, et enlevas les coeurs des dames de France, je crus que le roi Henri te ressemblerait en galanterie, en beauté, en courage; mais son esprit est entièrement tourné à la dévotion: tout occupé à compter des *ave Maria* sur son chapelet, il n'a d'autres champions que les prophètes et les apôtres, d'autres armes que les passages sacrés de l'Écriture sainte, d'autre champ clos que son cabinet, d'autres amours que les images en bronze des saints canonisés. Je voudrais que le collége des cardinaux voulût le nommer pape et l'emmener à Rome, pour y placer sur sa tête la triple couronne. Tels sont les honneurs qui conviennent à sa piété.

SUFFOLK.--Madame, prenez patience. C'est moi qui ai fait venir Votre Altesse en Angleterre, et je travaillerai à ce qu'en Angleterre tous les désirs de Votre Grâce soient pleinement satisfaits.

MARGUERITE.--Outre ce hautain protecteur, n'avons-nous pas encore Beaufort, ce prêtre impérieux, et Buckingham, et Somerset, et York, qui se plaint toujours, et le moins puissant d'entre eux ne l'est-il pas en Angleterre plus que le roi?

SUFFOLK.--Et de tous, le plus puissant ne l'est pas en Angleterre plus que les Nevil, Salisbury et Warwick ne sont point de simples pairs.

MARGUERITE.--Tous ces lords ensemble ne m'irritent pas autant que cette arrogante Éléonor, la femme du lord protecteur. On la voit, suivie d'un cortége de dames, balayer les salles du palais, plutôt de l'air d'une impératrice que de la femme du duc Humphroy. Les personnes étrangères à la cour la prennent pour la reine. Elle porte sur elle le revenu d'un duché, et dans son coeur elle insulte à notre indigence. Ne vivrai-je point assez pour me voir vengée d'elle? L'autre jour, au milieu de ses favoris, cette créature de rien ne disait-elle pas insolemment, méprisante drôlesse! que la queue de sa plus mauvaise robe de tous les jours valait mieux que toutes les terres de mon père, avant que Suffolk lui eût donné deux duchés en échange de sa fille.

SUFFOLK.--Madame, j'ai moi-même disposé la glu sur le buisson où elle doit venir se prendre, et j'y ai placé un choeur d'oiseaux si propres à l'attirer, qu'elle viendra s'y abattre pour écouter leurs chants et ne reprendra plus le vol qui vous blesse. Laissez-la donc en paix, et écoutez-moi, madame, car j'ose vous donner ici quelques conseils. Quoique le cardinal nous déplaise, il faut nous unir à lui et au reste des pairs, jusqu'à ce que nous ayons fait tomber le duc Humphroy dans la disgrâce. Quant au duc d'York, la plainte que nous venons de recevoir n'avancera pas ses affaires; ainsi, nous les déracinerons tous l'un après l'autre, et de vous seule l'heureux gouvernail recevra sa direction.

(Entrent le roi Henri, York et Somerset causant avec lui, le duc et la duchesse de Glocester, le cardinal, Buckingham, Salisbury et Warwick.)

LE ROI.--Quant à moi, nobles lords, le choix m'est indifférent: ou Somerset, ou York, c'est pour moi la même chose.

YORK.--Si York s'est mal conduit en France, que la régence lui soit refusée.

SOMERSET.--Si Somerset est indigne de la place, qu'York soit régent, je suis prêt à la lui céder.

WARWICK.--Que Votre Grâce soit digne ou non, ce n'est pas là la question: York en est le plus digne.

LE CARDINAL.--Ambitieux Warwick, laisse parler ceux qui valent mieux que toi.

WARWICK.--Le cardinal ne vaut pas mieux que moi sur le champ de bataille.

BUCKINGHAM.--Tous ceux qui sont ici présents valent mieux que toi, Warwick.

WARWICK.--Et Warwick pourra vivre assez pour être un jour le meilleur de tous.

SALISBURY.--Paix! mon fils.--Et vous, Buckingham, faites-nous connaître, par quelques raisons, pourquoi Somerset doit être préféré en ceci?

MARGUERITE.--Eh! vraiment, parce que cela convient au roi.

GLOCESTER.--Madame, le roi est en âge de dire lui-même son avis; et ce n'est point ici l'affaire des femmes.

MARGUERITE.--Si le roi est en âge, qu'a-t-il besoin, milord, que vous demeuriez protecteur de Sa Majesté?

GLOCESTER.--Je suis protecteur du royaume, madame; et, quand il le voudra, je résignerai mes fonctions.

SUFFOLK.--Résigne-les donc, et mets un terme à ton insolence. Depuis que tu es roi (car qui donc est roi que toi?), l'État se précipite chaque jour vers sa ruine. Le dauphin a triomphé au delà des mers; les pairs et les nobles du royaume ne sont plus autre chose que les vassaux de ton pouvoir.

LE CARDINAL.--Tu as écrasé le peuple, appauvri, exténué la bourse du clergé par tes extorsions.

SOMERSET.--Tes somptueux palais, les parures de ta femme, ont absorbé une portion des richesses publiques.

BUCKINGHAM.--La cruauté de tes exécutions a excédé la rigueur des lois, et te livre à ton tour à la merci des lois.

MARGUERITE.--Ton trafic des emplois, et la vente des villes de France, si on pouvait faire connaître tout ce qu'on soupçonne, devraient avant peu te rapetisser de la tête [6]. (*Glocester sort.--La reine laisse tomber son éventail.*) Donnez-moi mon éventail.--Quoi donc, beau sire, ne sauriez-vous faire ce que je vous dis? (*Elle donne un soufflet à la duchesse.*) Ah! madame, je vous demande pardon: quoi! c'est vous?....

Note 6: (retour) *Would make thee quickly hop without thy head.* Devraient avant peu te rendre boiteux de la tête.

LA DUCHESSE.--Si c'est moi? Oui, c'est moi, orgueilleuse Française. Si mes ongles pouvaient atteindre votre beauté, j'imprimerais mes dix commandements sur votre face.

LE ROI.--Ma chère tante, calmez-vous; c'est contre sa volonté.

LA DUCHESSE.--Contre sa volonté! Bon roi, prends-y garde à temps; elle t'emmaillotera et te bercera comme un enfant. Quoiqu'il y ait ici plus d'un homme qui ne sache pas porter le haut-de-chausses, elle n'aura pas impunément frappé dame Éléonor.

BUCKINGHAM.--Lord cardinal, je vais suivre Éléonor, et m'informer de Glocester, de tous ses mouvements.--La voilà lancée, elle n'a pas besoin maintenant d'éperons pour l'échauffer, elle va galoper assez vite à sa perte.

(Buckingham sort.)

(Rentre Glocester.)

GLOCESTER.--Maintenant, milords, qu'un tour de terrasse a dissipé ma colère, je reviens délibérer sur les affaires de l'État. Quant à vos odieuses et fausses imputations, prouvez-les, soumettez-les au jugement de la loi. Puisse Dieu dans sa miséricorde traiter mon âme selon la mesure de mon affectueuse fidélité envers mon pays et mon roi! Mais venons à l'objet qui nous occupe. Dans mon opinion, mon souverain, York est l'homme le plus propre à remplir en France l'office de régent.

SUFFOLK.--Avant qu'on choisisse, permettez-moi de vous faire comprendre, par quelques raisons qui ne sont pas de peu d'importance, qu'York est de tous les hommes le moins propre à cet emploi.

YORK.--Je te le dirai, Suffolk, pourquoi j'y suis le moins propre. D'abord, c'est parce que je ne sais point flatter ton orgueil; ensuite si le choix tombe sur moi, milord de Somerset me laissera encore sans munitions, sans argent et sans secours, jusqu'à ce que la France soit retombée entre les mains du dauphin. Dernièrement il m'a fallu attendre, tantôt sur un pied tantôt sur l'autre 7, son bon plaisir, jusqu'à ce que Paris fût assiégé, affamé et perdu.

Note 7: _(retour)_ I danc'd attendance on his will.

WARWICK.--J'en puis rendre témoignage, et jamais traître n'a commis envers son pays une action plus criminelle.

SUFFOLK.--Paix donc, impétueux Warwick.

WARWICK.--Emblème d'orgueil, pourquoi me tairais-je?

(Entrent les domestiques de Suffolk amenant Horner et Pierre.)

SUFFOLK.--Parce qu'il y a ici un homme accusé de trahison. Dieu veuille que le duc d'York réussisse à se justifier!

YORK.--Quelqu'un accuse-t-il York de trahison?

LE ROI.--Que signifie tout ceci, Suffolk? Dis-moi qui sont ces hommes?

SUFFOLK.--Avec la permission de Votre Majesté, cet homme est celui qui accuse son maître de haute trahison. Il assure lui avoir entendu dire que Richard, duc d'York, était le légitime héritier de la couronne d'Angleterre, et que Votre Majesté était un usurpateur.

LE ROI, *à Horner.*--Dis, as-tu tenu ce discours?

HORNER.--Avec la permission de Votre Majesté, je n'ai jamais rien dit ni pensé de semblable. Dieu m'est témoin que je suis faussement accusé par ce coquin.

PIERRE, *levant les mains en haut.*--Par ces dix os, milords, il m'a dit cela un soir que nous étions dans le grenier à nettoyer l'armure du duc d'York.

YORK.--Infâme misérable, vil artisan, ta tête me payera tes criminelles paroles. Je conjure Votre Royale Majesté de le livrer à toute la rigueur de la loi.

(York sort.)

HORNER.--Hélas, milord, que je sois pendu si jamais j'ai prononcé ces mots. Mon accusateur est mon apprenti. L'autre jour, comme je l'avais corrigé pour une faute, il a fait serment à genoux qu'il me le revaudrait: j'ai de bons témoins du fait. Je conjure donc Votre Majesté de ne pas perdre un honnête homme sur l'accusation d'un coquin.

LE ROI.--Glocester, que pouvons-nous légalement ordonner sur ceci?

GLOCESTER.--Voici mon jugement, seigneur, s'il m'appartient de décider: donnez à Somerset la régence de la France, parce que ceci a élevé des soupçons contre York, et indiquez un jour, un lieu convenable pour le combat singulier entre ces deux hommes. Telle est la loi, telle est la sentence du duc Humphroy.

LE ROI.--Qu'il en soit ainsi. Milord de Somerset, nous vous nommons lord régent de France.

SOMERSET.--Je remercie humblement Votre Royale Majesté.

HORNER.--Et moi, j'accepte volontiers le combat.

PIERRE.--Hélas! milord, je ne saurais combattre. Pour l'amour de Dieu, prenez en pitié ce qui m'arrive; c'est la méchanceté des hommes qui m'a conduit là. O seigneur, ayez pitié de moi! Jamais je ne serai en état de porter un coup. O Dieu! ô mon coeur!

GLOCESTER.--Il faut que tu te battes ou que tu sois pendu.

LE ROI.--Conduisez-les en prison. Le dernier jour du mois prochain sera celui du combat.--Viens, Somerset: nous allons pourvoir à ton départ.

SCÈNE IV

Toujours à Londres.--Dans les jardins du duc de Glocester.

Entrent MARGERY, JOURDAIN, HUME, SOUTHWELL ET BOLINGBROOK.

HUME.--Venez, mes maîtres: la duchesse, je vous l'ai dit, attend l'accomplissement de vos promesses.

BOLINGBROOK.--Nous sommes tout prêts, maître Hume. Mais la duchesse veut-elle entendre et voir nos mystères?

HUME.--Oui, pourquoi pas? comptez sur son courage.

BOLINGBROOK.--J'ai entendu dire que c'était une femme d'une fermeté inébranlable. Cependant, il sera bon, maître Hume, que vous soyez là-haut près d'elle, tandis que nous travaillerons ici en bas. Ainsi, je vous prie, sortez, au nom de Dieu, et laissez-nous. *(Hume sort.)* Mère Jourdain, prosternez-vous la face contre terre. Southwell, lisez, et commençons notre oeuvre.

(La duchesse paraît à une fenêtre.)

LA DUCHESSE.--Bien dit, mes maîtres; soyez tous les bienvenus. A la besogne; le plus tôt sera le mieux.

BOLINGBROOK.--Patience, ma bonne dame; les magiciens connaissent leur temps; la profonde nuit, la sombre nuit, le silence de la nuit, l'heure de la nuit où l'on mit le feu à Troie; le temps où errent les oiseaux funèbres, où hurlent les chiens de garde, où les esprits se promènent, où les fantômes brisent leurs tombeaux: tel est le temps propre à l'oeuvre qui nous tient occupés. Asseyez-vous, madame, et ne craignez rien; ce que nous allons faire paraître ne pourra sortir de l'enceinte sacrée.

(Ils exécutent les cérémonies d'usage, et tracent le cercle. Bolingbrook ou Southwell lit la formule, *Conjuro te,* etc. Éclairs et tonnerres effroyables, l'Esprit sort de terre.)

L'ESPRIT.--*Adsum.*

MARGERY.--*Asmath*, par le Dieu éternel, dont le nom et le pouvoir te font trembler, réponds à mes demandes; car jusqu'à ce que tu m'aies satisfait, tu ne passeras point cette enceinte.

L'ESPRIT.--Demande ce que tu voudras: que n'ai-je déjà dit et fini!

BOLINGBROOK, *lisant les questions contenues dans un papier.--D'abord le roi, qu'en doit-il advenir?*

L'ESPRIT.--Le duc qui déposera Henri est vivant; mais il lui survivra et mourra d'une mort violente.

(A mesure que l'Esprit parle, Southwell écrit la réponse.)

BOLINGBROOK.--*Quel est le sort qui attend le duc de Suffolk?*

L'ESPRIT.--Par l'eau il mourra et trouvera sa fin.

BOLINGBROOK.--Qu'arrivera-t-il au duc de Somerset?

L'ESPRIT.--Qu'il évite les châteaux; il sera plus en sûreté dans les plaines sablonneuses qu'aux lieux où les châteaux se tiennent en haut. Finis; à peine pourrais-je endurer plus longtemps.

BOLINGBROOK.--Descends dans les ténèbres et dans le lac brûlant, esprit pervers: en fuite!

(Tonnerre et éclairs. L'Esprit descend sous terre.)

(Entrent précipitamment York et Buckingham, suivis de gardes, et autres personnages.)

YORK.--Saisissez-vous de ces traîtres et de tout leur bagage. Sorcière, nous vous suivions, je crois, de bien près. Quoi! madame, vous ici? le roi et l'État vous devront beaucoup pour les peines que vous avez prises, et milord protecteur désirera sans doute vous voir bien récompensée de cette bonne oeuvre.

LA DUCHESSE.--Elle n'est pas la moitié aussi coupable que les tiennes envers le roi d'Angleterre, duc outrageant qui menaces sans cause.

BUCKINGHAM.--En effet, sans la moindre cause, madame. Comment appelez-vous ceci? *(Lui montrant le papier qu'il a saisi.)* Emmenez-les, qu'on les tienne bien renfermés et séparés.--Vous, madame, vous allez nous suivre. Stafford, prends-la sous ta garde. *(La duchesse quitte la fenêtre.)* Nous allons mettre au jour toutes ces bagatelles. Sortez tous.

(Les gardes sortent, emmenant Margery, Southwell, etc.)

YORK.--Je vois, lord Buckingham, que vous l'aviez bien surveillée. C'est une petite intrigue bien imaginée, et sur laquelle on peut bâtir bien des choses.

Maintenant je vous prie, milord, voyons ce qu'a écrit le diable. *(Il lit.) Le duc qui doit déposer Henri est vivant, mais il lui survivra et mourra d'une mort violente.* C'est tout justement..... *Aio te, Æneïda, Romanos vincere posse.--Dites-moi quel sort attend le duc de Suffolk?--Il mourra par l'eau et y trouvera sa fin.--Qu'arrivera-t-il au duc de Somerset?--Qu'il évite les châteaux, il sera plus en sûreté dans les plaines sablonneuses que là où les châteaux se tiennent en haut.* Allons, allons, milord, ce sont là des oracles dangereux à obtenir, et difficiles à comprendre. Le roi est sur la route de Saint-Albans, et l'époux de cette aimable dame l'accompagne. Que cette nouvelle leur arrive aussi promptement qu'un cheval pourra la leur porter. Triste déjeuner pour milord protecteur!

BUCKINGHAM.--Que Votre Grâce me permette, milord d'York, de porter moi-même ce message, dans l'espoir d'en obtenir la récompense.

YORK.--Comme il vous plaira, mon cher lord.--Y a-t-il quelqu'un ici? *(Entre un domestique).* Invitez de ma part les lords Salisbury et Warwick à souper chez moi ce Soir. Allons-nous-en. (Ils sortent.)

FIN DU PREMIER ACTE.

ACTE DEUXIÈME

SCÈNE I

Saint-Albans.

Entrent LE ROI HENRI ET LA REINE MARGUERITE, GLOCESTER, LE CARDINAL, ET SUFFOLK *suivis de fauconniers rappelant des oiseaux.*

MARGUERITE.--En vérité, milords, depuis sept ans je n'ai pas vu de plus belle chasse aux oiseaux d'eau, et cependant vous conviendrez que le vent était très-fort, et qu'il y avait dix contre un à parier que le vieux Jean ne partirait pas.

LE ROI, *à Glocester.*--Mais quelle pointe a fait votre faucon, milord! A quelle hauteur il s'est élevé au-dessus de tous les autres! Comme on reconnaît l'oeuvre de Dieu dans toutes ses créatures! Vraiment oui, l'homme et l'oiseau aspirent à monter.

SUFFOLK.--Il n'est pas étonnant, si Votre Majesté me permet de le dire, que les oiseaux de milord protecteur sachent si bien s'élever; ils n'ignorent pas que leur maître aime les hautes régions et porte ses pensées bien au delà du vol de son faucon.

GLOCESTER.--C'est un esprit ignoble et vulgaire, milord, que celui qui ne s'élève pas plus haut qu'un oiseau ne peut voler.

LE CARDINAL.--Je le savais bien; il voudrait se voir au-dessus des nuages.

GLOCESTER.--Sans doute. Milord cardinal, qu'entendez-vous par là? Ne siérait-il pas à Votre Grâce de prendre son essor vers le ciel?

LE ROI.--Trésor d'éternelle félicité!

LE CARDINAL.--Ton ciel est sur la terre. Tes yeux et tes pensées demeurent attachés sur la couronne, trésor de ton coeur. Pernicieux protecteur, dangereux pair, flatteur du roi et du peuple!

GLOCESTER.--Eh quoi! cardinal, cela me paraît bien violent pour un prêtre, *Tantæne animis coelestibus iræ?* Les ecclésiastiques sont-ils donc si colères? Mon cher oncle, cachez mieux votre haine. Convient-elle à votre caractère sacré?

SUFFOLK.--Il n'y a point là de haine, milord, pas plus qu'il ne convient dans une si juste querelle contre un pair si odieux.

GLOCESTER.--Que.... qui, milord?

SUFFOLK.--Qui? vous, milord, n'en déplaise à Sa Seigneurie milord protecteur.

GLOCESTER.--Suffolk, l'Angleterre connaît ton insolence.

MARGUERITE.--Et ton ambition, Glocester.

LE ROI.--Tais-toi, de grâce, chère reine: n'aigris point la haine de ces pairs furieux; bienheureux sont ceux qui procurent la paix sur la terre!

LE CARDINAL.--Que je sois donc béni pour la paix que j'établirai entre ce hautain protecteur et moi, au moyen de mon épée!

GLOCESTER, *à part au cardinal.*--Sur ma foi, mon saint oncle, j'aimerais fort que nous en fussions déjà là.

LE CARDINAL, *à part.*--Nous y serons vraiment, dès que tu en auras le coeur.

GLOCESTER, à *part.*--Ne va pas ameuter pour cela un parti de factieux; charge-toi de répondre seul de tes insultes.

LE CARDINAL, *à part.*--Oui, pour que tu n'oses pas montrer ton nez; mais si tu l'oses, ce soir même, à l'est du bosquet.

LE ROI.--Qu'est-ce que c'est donc, milords?

LE CARDINAL, *haut.*--Croyez-m'en sur ma parole, cousin Glocester: si votre écuyer n'avait pas si soudainement rappelé l'oiseau, nous aurions poussé plus loin la chasse. (*A part.*) Viens avec ton épée [8] à deux mains.

Note 8: (retour) *Two hand-sword.* Cette sorte d'épée s'appelait aussi long-sword (longue épée).

GLOCESTER, *à part.*--Vous y pouvez compter, mon oncle.

LE CARDINAL, *à part.*--Entendez-vous?.... à l'est du bosquet.

GLOCESTER, *à part.*--J'y serai, cardinal.

LE ROI.--Comment? Qu'est-ce que c'est, oncle Glocester?

GLOCESTER.--Nous parlons de chasse: rien de plus, mon prince. (*A part.*) Par la mère de Dieu, prêtre, je vous élargirai la tonsure du crâne, ou tous mes coups porteront à faux.

LE CARDINAL, *à part.*--*Medica teipsum*, protecteur; songez-y, songez à vous protéger vous-même.

LE ROI.--Les vents augmentent, et votre colère aussi, milords. Quelle aigre musique vous faites entendre à mon coeur! Quand de pareilles cordes détonnent, comment espérer la moindre harmonie? Je vous en prie, milords, laissez-moi arranger ce différend.

(Entre un habitant de Saint-Albans criant: Miracle!)

GLOCESTER.--Que signifie ce bruit? Ami, quel miracle proclames-tu là?

L'HABITANT.--Un miracle! un miracle!

SUFFOLK.--Avance vers le roi, et dis-lui quel est ce miracle.

L'HABITANT.--Eh! vraiment: un aveugle qui a recouvré la vue à la châsse de saint Alban, il n'y a pas une demi-heure; un homme qui n'avait vu de sa vie.

LE ROI.--Gloire à Dieu, qui donne aux âmes croyantes la lumière dans les ténèbres et les consolations dans le désespoir!

(Entrent le maire de Saint-Albans et des compagnons, Simpcox, porté par deux personnes dans une chaise, et suivi de sa femme et d'une grande foule de peuple.)

LE CARDINAL.--Voici le peuple qui vient en procession présenter cet homme à Votre Majesté.

LE ROI.--Grande est sa consolation dans cette vallée terrestre, quoique la vue doive augmenter pour lui le nombre des pêchés!

GLOCESTER.--Arrêtez, mes maîtres, portez-le près du roi. Sa Majesté veut l'entretenir.

LE ROI.--Bonhomme, raconte-nous la chose en détail, afin que nous puissions glorifier en toi le Seigneur. Est-il vrai que tu sois depuis longtemps aveugle, et que tu aies été guéri tout à l'heure?

SIMPCOX.--Je suis né aveugle, n'en déplaise à Votre Grâce.

LA FEMME.--Oui, en vérité, il est né aveugle.

SUFFOLK.--Quelle est cette femme?

LA FEMME.--Sa femme, sauf le bon plaisir de Votre Seigneurie.

GLOCESTER.--Tu en serais plus certaine si tu eusses été sa mère.

LE ROI.--Où es-tu né?

SIMPCOX.--A Berwick, dans le nord, n'en déplaise à Votre Grâce.

LE ROI.--Pauvre créature! la bonté de Dieu a été grande envers toi. Ne laisse passer ni jour ni nuit sans le célébrer, et conserve éternellement la mémoire de ce que le Seigneur a fait pour toi.

MARGUERITE.--Dis-moi, mon ami, est-ce par hasard ou par dévotion que tu es venu à cette sainte châsse?

SIMPCOX.--Dieu sait que c'est par pure dévotion, parce que j'avais été appelé cent fois et plus pendant mon sommeil par le bon saint Alban, qui me disait: «Simpcox, va te présenter à ma châsse, et je viendrai à ton secours.»

LA FEMME.--Cela est bien vrai, sur ma parole. Moi-même j'ai entendu plusieurs fois, très-souvent, une voix qui l'appelait comme cela.

GLOCESTER.--Mais quoi! es-tu donc boiteux?

SIMPCOX.--Oui; que le Dieu tout-puissant aie pitié de moi!

GLOCESTER.--Par quel accident?

SIMPCOX.--Je suis tombé d'un arbre.

LA FEMME.--D'un prunier, monsieur.

GLOCESTER.--Combien y a-t-il que tu es aveugle?

SIMPCOX.--Oh! je suis né comme cela, milord.

GLOCESTER.--Et tu voulais monter au haut d'un arbre?

SIMPCOX.--Cette seule fois de ma vie, quand j'étais jeune.

LA FEMME.--C'est encore la vérité: il lui en a coûté cher pour y avoir monté.

GLOCESTER.--Par la messe! il fallait que tu aimasses bien les prunes pour t'exposer ainsi.

SIMPCOX.--Hélas! mon bon monsieur, c'était ma femme qui eut envie de quelques prunes de Damas, et cela me fit monter au péril de ma vie.

GLOCESTER.--Tu es un rusé coquin! mais cela ne te servira de rien.--Laisse-moi voir tes yeux.--Ferme-les.--Ouvre-les, à présent. Il me semble que tu ne vois pas bien.

SIMPCOX.--Si fait, monsieur, aussi clair que le jour, grâce à Dieu et à saint Alban.

GLOCESTER.--Vraiment? De quelle couleur est cet habit?

SIMPCOX.--Rouge, monsieur, rouge comme du sang.

GLOCESTER.--Ta réponse est juste. De quelle couleur est le mien?

SIMPCOX.--Il est noir, vraiment, comme du charbon, comme jais.

LE ROI.--Quoi! tu sais donc de quelle couleur est le jais?

SUFFOLK.--Et pourtant je m'imagine qu'il n'a jamais vu de jais.

GLOCESTER.--Mais il a vu bien des manteaux et des habits avant ce jour.

LA FEMME.--Jamais de la vie: pas un avant aujourd'hui.

GLOCESTER.--Dis-moi, l'ami, quel est mon nom?

SIMPCOX.--Hélas! monsieur, je ne le sais pas.

GLOCESTER.--Quel est son nom?

(Montrant un autre lord.)

SIMPCOX.--Je ne le sais pas.

GLOCESTER.--Ni le sien?

(En montrant un autre.)

SIMPCOX.--Non, en vérité, monsieur.

GLOCESTER.--Et ton nom, quel est-il?

SIMPCOX.--Saunder Simpcox, ne vous en déplaise, monsieur.

GLOCESTER.--Je te déclare donc, Saunder, ici présent, le plus menteur coquin de toute la chrétienté. Si tu avais été en effet aveugle de naissance, il ne t'aurait pas été plus difficile de connaître ainsi nos noms, que de nommer les différentes couleurs de nos habits. La vue peut, il est vrai, distinguer les couleurs; mais leur donner leurs noms divers la première fois qu'on les voit, cela est impossible. Milords, saint Alban a fait ici un miracle; mais ne pensez-vous pas que ce serait une grande habileté que de rendre à cet estropié l'usage de ses jambes?

SIMPCOX.--Ah! plût à Dieu, monsieur, que vous le pussiez.

GLOCESTER.--Mes amis de Saint-Albans, n'avez-vous pas d'officier de justice dans votre ville, et de ces choses qu'on appelle des fouets?

LE MAIRE.--Oui, milord, si c'est votre bon plaisir.

GLOCESTER.--Envoyez-en chercher un à l'instant.

LE MAIRE.--Allez, et amenez ici sans délai un exécuteur.

(Sort un homme de la suite.)

GLOCESTER.--Maintenant mettez-moi là un escabeau tout près.--Maintenant, l'ami, si vous voulez éviter les coups de fouet, sautez-moi par-dessus cet escabeau et sauvez-vous.

SIMPCOX.--Hélas! monsieur, je ne suis pas en état de me soutenir seul; vous allez me tourmenter en vain.

(Entre l'homme de la suite avec l'exécuteur.)

GLOCESTER.--C'est bon, mon ami, il faut que nous vous fassions retrouver vos jambes. Exécuteur, frappez jusqu'à ce qu'il saute par-dessus l'escabeau.

L'EXÉCUTEUR.--Je vais obéir, milord.--Allons, l'ami, ôtez votre pourpoint.

SIMPCOX.--Hélas! monsieur, que ferais-je? Je ne suis pas en état de me soutenir.

(Au premier coup de fouet, il saute par-dessus l'escabeau et s'enfuit. Le peuple le suit en criant: *Miracle* [2]!)

Note 9: (retour) L'anecdote du miracle de Saint-Albans est rapportée par sir Thomas More qui l'avait entendu raconter à son père. (V. *ses Oeuvres*, p. 134, édit. 1557.)

LE ROI.--O Dieu, tu vois de telles choses, et tu retiens si longtemps ta colère!

MARGUERITE.--J'ai bien ri de voir courir ce misérable.

GLOCESTER.--Poursuivez le drôle, et emmenez-moi cette malheureuse.

LA FEMME.--Hélas! monsieur, c'est la misère qui nous l'a fait faire.

GLOCESTER.--Qu'ils soient fouettés le long de toutes les villes de marché, jusqu'à Berwick, d'où ils sont venus.

(Sortent l'exécuteur, le maire, la femme, etc.)

LE CARDINAL.--Le duc Humphroy a fait un miracle aujourd'hui!

SUFFOLK.--Il est vrai, il a fait sauter et s'enfuir les boiteux.

GLOCESTER, à *Suffolk.*--Vous avez fait de plus grands miracles que moi, milord: en un seul jour vous avez fait échapper de nos mains des villes entières.

(Entre Buckingham.)

LE ROI.--Quelles nouvelles nous apporte notre cousin Buckingham?

BUCKINGHAM.--Des choses que mon coeur frémit de vous apprendre. Une bande de méchants, adonnés à des oeuvres maudites sous les auspices et dans la compagnie de la femme du protecteur, d'Éléonor, chef et auteur de cette odieuse réunion, se sont livrés à des pratiques criminelles contre Votre Majesté, de concert avec des sorcières et des magiciens, que nous avons pris sur le fait, faisant sortir de terre des esprits pervers, et les interrogeant sur la vie et la mort d'Henri, et d'autres personnages du conseil privé de Votre Majesté, comme on le mettra plus en détail sous les yeux de Votre Grâce.

LE CARDINAL, *bas à Glocester.*--Eh bien, lord protecteur, par ce moyen votre épouse va figurer encore dans Londres. Cette nouvelle, je crois, aura un peu émoussé le fil de votre épée. Il n'y a pas d'apparence, milord, que notre rendez-vous tienne.

GLOCESTER.--Prêtre ambitieux, cesse d'affliger mon coeur. L'accablement et la douleur ont vaincu mon courage; et vaincu que je suis, je te cède comme je céderais au dernier valet.

LE ROI.--O Providence! quels crimes trament les méchants! et toujours pour amener la destruction sur leur propre tête!

MARGUERITE.--Glocester, ton nid est déshonoré; et toi-même, prends bien garde d'être irréprochable, je te le conseille.

GLOCESTER.--Madame, pour moi j'en appelle au Ciel de l'amour que j'ai porté à mon roi et à l'État. Quant à ma femme, j'ignore comment sont les choses. Je suis affligé d'avoir appris ce que je viens d'apprendre. Elle est noble; mais si elle a mis en oubli l'honneur et la vertu, et qu'elle ait eu commerce avec gens dont le contact, semblable à la poix, entache toute noblesse, je la bannis de mon lit et de ma compagnie, et j'abandonne aux lois et à l'opprobre celle qui déshonore l'honnête nom de Glocester.

LE ROI.--Allons, nous coucherons ici cette nuit. Demain nous retournerons à Londres pour examiner cette affaire à fond, interroger ces odieux coupables, et peser leur cause dans les équitables balances de la justice, dont le fléau ne sait point fléchir, et d'où le droit sort triomphant.

(Fanfares. Ils sortent.)

SCÈNE II

Londres.--Jardins du duc d'York.

Entrent YORK, SALISBURY ET WARWICK.

YORK.--Maintenant, mes chers lords de Salisbury et de Warwick, souffrez qu'après notre modeste souper, et dans cette promenade solitaire, je me donne la satisfaction de chercher à vous prouver mon titre incontestable à la couronne d'Angleterre.

SALISBURY.--J'attends avec impatience, milord, que vous nous l'exposiez pleinement.

WARWICK.--Parle, cher York; et si ta réclamation est fondée, les Nevil n'attendent plus que tes ordres.

YORK.--Écoutez donc.--Édouard III, milords, eut sept fils. Le premier fut Édouard, le prince Noir, prince de Galles; le second, William de Hatfield, et le troisième, Lionel, duc de Clarence, que suivait immédiatement Jean de Gaunt, duc de Lancastre; le cinquième fut Edmond Langley, duc d'York; le sixième fut Thomas de Woodstock, duc de Glocester; Guillaume de Windsor fut le septième et le dernier. Édouard, le prince Noir, mourut avant son père, et laissa pour lignée Richard, son fils unique, qui, après la mort d'Édouard III, régna en qualité de roi, jusqu'au jour où Henri Bolingbroke, duc de Lancastre, fils aîné et héritier de Jean de Gaunt, couronné sous le nom d'Henri IV, s'empara du royaume, déposa le roi légitime, envoya la pauvre reine en France, sa patrie, et le roi au château de Pomfret, où, comme vous le savez tous, l'inoffensif Richard fut traîtreusement assassiné.

WARWICK.--Mon père, c'est la vérité que le duc vient de nous dire: ce fut ainsi que la maison de Lancastre obtint la couronne.

YORK.--Qu'aujourd'hui elle retient par force, et non par son droit: car après la mort de Richard, héritier de l'aîné, la postérité de son cadet immédiat devait succéder au trône.

SALISBURY.--Mais ce cadet William Hatfield mourut, comme vous en convenez, sans laisser d'héritier.

YORK.--Le duc de Clarence, troisième des fils et de qui je tiens mes prétentions au trône, laissa une fille, Philippe, qui épousa Edmond Mortimer, comte des Marches; Edmond eut un fils, Roger, comte des Marches; Roger eut des enfants, Edmond, Anne et Éléonor.

SALISBURY.--Cet Edmond, sous le règne de Bolingbroke, fit valoir, ainsi que je l'ai lu, ses prétentions à la couronne, et eût été roi sans Owen Glendower, qui le tint prisonnier jusqu'à sa mort [10].--Mais voyons le reste.

Note 10: (retour) *Jusqu'à sa mort.* Le poëte entend probablement la mort d'Owen Glendower, car on a vu dans la pièce précédente mourir Edmond Mortimer à la Tour de Londres, où cependant il paraît qu'il ne fut jamais renfermé.

YORK.--Anne, sa soeur aînée et ma mère, héritière de la couronne, épousa Richard, comte de Cambridge, fils d'Edmond Langley, cinquième fils d'Édouard III; et c'est de son chef que je réclame la couronne, car elle était héritière de Roger, comte des Marches, et d'Edmond Mortimer, qui avait épousé Philippe, fille unique de Lionel, duc de Clarence. Ainsi, si la postérité de l'aîné doit succéder avant celle du cadet, c'est moi qui suis roi.

WARWICK.--Quelle filiation directe est plus simple que celle-ci? Henri tire ses prétentions au trône de Jean de Gaunt, quatrième fils d'Édouard: York tire les siennes du troisième. Jusqu'à ce que la branche de Lionel s'éteigne, l'autre ne doit point régner, et cette branche n'a point encore manqué: elle fleurit en vous et dans vos fils, dignes rejetons d'une telle souche. Ainsi,

Salisbury, fléchissons tous deux le genou devant lui, et dans ce pacte formé en secret, soyons les premiers à rendre à notre roi légitime les honneurs souverains qui appartiennent à son droit héréditaire!

TOUS DEUX.--Longue vie à notre souverain Richard, roi d'Angleterre!

YORK.--Nous vous remercions, milords; mais je ne suis point votre roi tant que je ne serai pas couronné, que mon épée ne sera pas rougie du sang sorti du coeur de la maison de Lancastre; et cela ne peut s'exécuter par une entreprise soudaine, mais par la prudence et un profond secret; sachez comme moi, dans ces temps dangereux, fermer les yeux sur l'insolence de Suffolk, sur l'orgueil de Beaufort, sur l'ambition de Somerset, sur Buckingham, et sur toute la bande jusqu'à ce qu'ils aient enveloppé dans leurs pièges le gardien du troupeau, ce prince vertueux, le bon duc Humphroy: c'est à cela qu'ils travaillent, et en y travaillant, ils trouveront la mort si York a l'art de prédire.

SALISBURY.--C'en est assez, milord; nous voilà parfaitement instruits de vos intentions.

WARWICK.--Mon coeur m'assure que le comte de Warwick fera un jour du duc d'York un roi.

YORK.--Et moi, je m'assure, Nevil, que Richard vivra pour faire du comte de Warwick le plus grand personnage de l'Angleterre après le roi.

(Ils sortent.)

SCÈNE III

Londres.--Salle du tribunal.

Les trompettes sonnent. Entrent LE ROI HENRI, LA REINE MARGUERITE, GLOCESTER, YORK, SUFFOLK, SALISBURY; LA DUCHESSE DE GLOCESTER, MARGERY JOURDAIN, SOUTHWELL, HUME ET BOLINGBROOK, *gardés.*

LE ROI.--Avancez, dame Éléonor Cobham, femme de Glocester. Aux yeux de Dieu et aux nôtres, votre crime est grand. Recevez la sentence de la loi, pour des offenses que le livre de Dieu a condamnées à la mort. (*A Margery.*) Vous allez tous les quatre retourner en prison, et de là au lieu de l'exécution. La sorcière sera brûlée et réduite en cendres à Smithfield, et les trois autres étranglés sur un gibet. (*A la duchesse.*) Vous, madame, en considération de votre naissance, dépouillée d'honneurs pendant votre vie, après trois jours d'une pénitence publique, vous vivrez dans votre pays, mais dans un bannissement perpétuel à l'île de Man, sous la garde de sir John Stanley.

LA DUCHESSE.--J'accepte volontiers l'exil: j'eusse de même accepté la mort 11.

Note 11: (retour) Le procès et la condamnation de la duchesse de Glocester eurent lieu en 1441, trois ans avant le mariage du roi; ainsi le personnage d'Éléonor est un pur anachronisme.

GLOCESTER.--Tu le vois, Éléonor, la loi t'a jugée; je ne saurais justifier celle que la loi condamne. *(La duchesse et les autres prisonniers sortent environnés de gardes.)* Mes yeux sont pleins de larmes, et mon coeur de douleur. Ah! Humphroy, cet opprobre de ta vieillesse va incliner vers la tombe ta tête chargée de douleur. Je demande à Votre Majesté la liberté de me retirer, ma douleur a besoin de soulagement, et mon âge de repos.

LE ROI.--Demeure un instant, Humphroy, duc de Glocester. Avant de te retirer, remets-moi ton bâton de commandement: Henri veut être son protecteur à lui-même, et Dieu sera mon espoir, mon appui, mon guide, et le flambeau de mes pas; et toi, va en paix, Humphroy, non moins chéri de ton roi que lorsque tu étais son protecteur.

MARGUERITE.--En effet, je ne vois pas pourquoi un roi en âge de régner aurait, comme un enfant, besoin d'un protecteur. Que Dieu et le roi Henri tiennent le gouvernail de l'Angleterre. Remettez ici votre bâton, monsieur, et au roi son royaume.

GLOCESTER.--Mon bâton? Le voilà, noble Henri, mon bâton de commandement; je vous le remets d'aussi bon coeur que me le confia Henri votre père: je le dépose à vos pieds avec autant de satisfaction que l'ambition de quelques autres en auraient à le recevoir. Adieu, bon roi: quand je serai mort et disparu de ce monde, puissent l'honneur et la paix environner ton trône!

(Il sort.)

MARGUERITE.--Enfin Henri est roi, et Marguerite est reine, et Humphroy, duc de Glocester, si rudement mutilé qu'il demeure à peine lui-même. Deux secousses à la fois: sa femme bannie, et un de ses membres enlevé, ce bâton de commandement ressaisi. Qu'il reste où il est, où il lui convient d'être, dans la main d'Henri.

SUFFOLK.--Ainsi ce pin orgueilleux laisse tomber sa tête et pendre ses branches flétries, ainsi meurt l'orgueil naissant d'Éléonor.

YORK.--N'en parlons plus, milords.--Avec la permission de Votre Majesté, voici le jour désigné pour le combat. Déjà l'appelant et le défendant, l'armurier et son apprenti, sont prêts à entrer dans la lice; que Vos Majestés veuillent donc bien venir assister à cette lutte.

MARGUERITE.--Oui, certainement, mon cher lord, car j'ai quitté la cour exprès pour être témoin de cette épreuve.

LE ROI.--Au nom de Dieu, ayez soin que toutes choses soient bien ordonnées selon les règles; qu'ils décident ici leur différend, et Dieu garde le droit!

YORK.--Je n'ai jamais vu, milord, un drôle de plus mauvaise mine, ni plus effrayé de combattre que l'appelant, le valet de cet armurier.

(Entrent d'un côté Horner et ses voisins qui boivent à sa santé, et de telle sorte qu'il est ivre. Il s'avance, précédé d'un tambour, avec son bâton auquel est attaché un sac plein de sable [12]; de l'autre côté Pierre, aussi avec un tambour et un bâton pareil, accompagné d'apprentis qui boivent à sa santé.)

Note 12: (retour) Dans ces sortes d'épreuves, les chevaliers combattaient avec la lance et l'épée, les gens du commun avec un bâton noirci au bout duquel était attaché un sac rempli de sable très-pressé.

PREMIER VOISIN, *à Horner.*--Allons, voisin Horner, je bois à votre santé un verre de vin d'Espagne: n'ayez pas peur, voisin, vous irez bien.

SECOND VOISIN.--Et voilà, voisin, un verre de malvoisie.

TROISIÈME VOISIN.--Et voilà un pot de bonne double bière; voisin, buvez, et n'ayez pas peur de votre apprenti.

HORNER.--Tout comme on voudra, par ma foi; je vous fais raison à tous, et je me moque de Pierre.

PREMIER APPRENTI.--Allons, Pierre, je bois à toi; n'aie pas peur.

SECOND APPRENTI.--Allons, ami Pierre, ne crains pas ton maître; combats pour l'honneur des apprentis.

PIERRE.--Je vous remercie tous: buvez, et priez pour moi, je vous en prie; car je crois bien que j'ai bu mon dernier coup en ce monde.--Tiens, Robin, si je meurs, je te donne mon tablier.--Et toi, William, tu auras mon marteau.-- Et toi, Tom, tiens, prends tout l'argent que j'ai. O Seigneur! assistez-moi, mon Dieu, je vous en prie, car je ne serai jamais en état de tenir tête à mon maître, lui qui apprend l'escrime depuis si longtemps.

SALISBURY.--Allons, cessez de boire et venez aux coups. Toi, quel est ton nom?

PIERRE.--Pierre, vraiment.

SALISBURY.--Pierre! Et encore?

PIERRE.--Tap [13].

SALISBURY.--Tap! Songe donc à bien taper ton maître.

HORNER.--Messieurs, je suis venu ici comme qui dirait à l'instigation de mon apprenti, pour prouver qu'il est un coquin et moi un honnête homme.--Et quant au duc d'York, je jurerai sur ma mort que jamais je ne lui ai voulu aucun mal, ni au roi, ni à la reine. En conséquence, Pierre, prends garde à ce coup que je t'assène avec la fureur dont Bevis de Southampton tomba sur Ascapart [14].

Note 13: (retour) Dans l'original, *Thump*, qui signifie *coup pesant*. Il a fallu y substituer un nom qui permît de conserver dans la traduction la plaisanterie de Salisbury.--Cet homme se nommait en réalité John Davy, et son maître William Calour. La chose se passa comme elle est représentée ici, à cela près que l'armurier ne fut pas tué dans le combat, mais seulement vaincu, et pendu ensuite; il ne s'était cependant pas déclaré coupable, et, selon Hollinshed, l'accusation était fausse.

Note 14: (retour) *Ascapart*, nom d'un géant fameux dans les récits populaires.

YORK.--Allons, dépêchez.--La langue de ce drôle commence à bégayer. Sonnez, trompettes, donnez le signal aux combattants.

(Signal. Ils se battent: Pierre, d'un coup, renverse son maître sur le sable.)

HORNER.--Assez, Pierre, assez; je confesse, je confesse.... ma trahison.

(Il meurt.)

YORK.--Emporte son arme. Ami, remercie Dieu, et le bon vin qui s'est trouvé dans le chemin de ton maître.

PIERRE.--O Dieu! j'ai triomphé de mes ennemis en présence de cette assemblée! O Pierre! tu as triomphé dans la bonne cause!

LE ROI.--Allons, qu'on emporte d'ici le corps de ce traître, car sa mort nous a manifesté son crime; et Dieu, dans sa justice, nous a révélé l'innocence et la sincérité de ce pauvre garçon, qu'il espérait faire périr injustement. Viens, suis-nous, pour recevoir ta récompense.

(Ils sortent.)

SCÈNE IV

Toujours à Londres.--Une rue.

Entrent GLOCESTER ET SES DOMESTIQUES, *tous vêtus de deuil.*

GLOCESTER.--Ainsi quelquefois le jour le plus brillant se couvre de nuages; et, après l'été, suit invariablement le stérile hiver, avec les rigueurs de son amère froidure; comme les saisons se succèdent, ainsi se précipitent les joies et les peines. Quelle heure est-il, messieurs?

UN SERVITEUR.--Dix heures, milord.

GLOCESTER.--C'est l'heure qui m'a été marquée pour attendre le passage de la duchesse subissant sa punition. On la traîne sans pitié dans les rues: ses pieds délicats ne posent qu'avec une douleur presque insupportable sur le pavé de ces rues. Chère Nell, ton âme noble a peine à supporter l'aspect de ce vil peuple, les yeux fixés sur ton visage, et du rire de l'envie insultant à ta honte; lui qui naguère suivait les roues orgueilleuses de ta voiture, lorsque tu passais en triomphe à travers les rues!.... Mais paix, je crois qu'elle approche, et je veux préparer mes yeux troublés de larmes à voir ses misères.

(Entrent la duchesse de Glocester, couverte d'une pièce de toile blanche, plusieurs papiers attachés derrière elle, les pieds nus et un flambeau allumé à la main; sir John Stanley, un shérif et des officiers de justice.)

UN DES DOMESTIQUES.--Si Votre Grâce le permet, nous allons l'enlever au shérif.

GLOCESTER.--Non; tenez-vous tranquilles; sous peine de la vie, laissez-la passer.

LA DUCHESSE.--Venez-vous, milord, pour être témoin de ma honte publique? En ce moment, tu fais aussi pénitence. Vois comme ils nous contemplent, comme cette folle multitude te montre au doigt, comme ils balancent leurs têtes et tournent les yeux sur toi. Ah! Glocester, cache-toi à leurs regards odieux, et, enfermé dans ton cabinet, vas-y pleurer ma honte, et maudire tes ennemis, à la fois les miens et les tiens!

GLOCESTER.--Prends patience, chère Nell: cesse de te rappeler tes douleurs.

LA DUCHESSE.--Ah! Glocester, fais donc que je ne me rappelle plus qui je suis. Car quand je pense que je suis ta femme par mariage, et toi un prince, le protecteur de ce royaume, il me semble que je ne devrais pas être ainsi conduite à travers les rues, revêtue d'infamie, des écriteaux sur mon dos, et suivie par une vile populace qui se réjouit de voir mes pleurs et d'entendre mes profonds gémissements. La pierre impitoyable déchire mes pieds sensibles; et quand je tressaille de douleur, ce peuple envieux rit de ma peine et m'avertit de prendre garde où je marche. Ah! Humphroy, puis-je supporter ce poids accablant de honte? Crois-tu que je veuille jamais jeter un regard sur ce monde, ou nommer heureux ceux qui jouissent de la lumière du soleil? Non: les ténèbres seront ma lumière, et la nuit sera pour moi le jour; le souvenir de ma grandeur passée sera mon enfer. Quelquefois je me dirai que je suis la femme du duc Humphroy, et lui un prince tout-puissant, maître dans ce pays: et que cependant tel a été l'exercice de sa puissance, telle a été sa dignité de prince, qu'il était là tandis que je passais, moi sa femme, abandonnée, livrée en spectacle à leur curiosité, et montrée au doigt par cette canaille fainéante rassemblée à ma suite. Mais continue à te montrer patient, ne rougis pas de ma honte, demeure inactif jusqu'à ce que la hache de la mort se lève sur ta tête, comme, sois-en assuré, elle se lèvera bientôt; car Suffolk, lui qui peut tout obtenir, sur tous les points, de celle qui te hait et qui nous hait tous, et York, et l'impie Beaufort, ce prêtre sans foi, ont englué le buisson où doivent se prendre tes ailes; et, de quelque côté que tu diriges ton vol, ils t'envelopperont dans leurs trames; mais continue de ne rien craindre, et ne prends aucune précaution contre tes ennemis, jusqu'à ce que ton pied soit retenu dans le piége.

GLOCESTER.--Ah! cesse, Nell, tes conjectures t'égarent. Il faut que je sois coupable avant de pouvoir être condamné. Eussé-je vingt fois autant d'ennemis, et chacun d'eux eût-il vingt fois leur pouvoir, tous ensemble seraient hors d'état de me causer le moindre mal aussi longtemps que je serai loyal, fidèle et exempt de reproche. Voudrais-tu donc que je t'eusse enlevée de force à l'humiliation que tu subis? Crois-moi, ta honte n'eût point été lavée par là, et je me serais mis en danger par l'infraction de la loi. C'est du calme, chère Nell, que tu pourras recevoir le plus de secours. Je t'en prie, forme ton âme à la patience; ces quelques jours de confusion seront bientôt passés.

(Entre un héraut.)

LE HÉRAUT.--Je somme Votre Grâce de se rendre au parlement de Sa Majesté, qui sera tenu le premier du mois prochain.

GLOCESTER.--Jamais ma présence n'y a été requise jusqu'à ce jour. Il y a quelque chose de caché là-dessous.--Il suffit, je m'y rendrai. (Le héraut sort.) Mon Éléonor.... il faut nous séparer. Maître shérif, n'ajoutez point à la peine à laquelle le roi l'a condamnée.

LE SHÉRIF.--Avec la permission de Votre Grâce, mes fonctions ne vont pas plus loin, et sir John Stanley est chargé maintenant de l'emmener avec lui dans l'île de Man.

GLOCESTER.--Me promettez-vous, Stanley, de protéger mon épouse dans son exil?

STANLEY.--Ce sont là mes ordres, avec le bon plaisir de Votre Grâce.

GLOCESTER.--Ne la traitez pas plus mal parce que je vous sollicite en sa faveur. Le monde peut me montrer encore un visage riant, et je puis vivre assez pour vous bien traiter si vous en usez bien avec elle. Sur ce, adieu, sir John.

LA DUCHESSE.--Quoi! partir, milord, et sans me dire adieu!

GLOCESTER.--Mes pleurs te disent que je ne puis m'arrêter à parler.

(Sortent Glocester et ses domestiques.)

LA DUCHESSE.--Es-tu donc parti, et toute consolation avec toi, car aucune ne m'accompagne? Ma joie est la mort, la mort dont le nom seul m'a fait frémir tant de fois, parce que je souhaitais l'éternité de ce monde. Stanley, je t'en prie, allons, emmène-moi d'ici; peu m'importe où tu me mèneras, car je ne te demande point d'autre faveur que de me conduire où on te l'a ordonné.

STANLEY.--Vous le savez, madame; c'est à l'île de Man, pour y être traitée selon votre condition.

LA DUCHESSE.--Je le serai donc bien mal, car ma condition, c'est la honte. Serai-je donc traitée honteusement?

STANLEY.--Vous le serez comme une duchesse, comme la femme du duc Humphroy; tel est le traitement qui vous attend.

LA DUCHESSE.--Shérif, sois heureux, et plus que je ne le suis, quoique tu aies dirigé les opprobres que je viens de subir.

LE SHÉRIF.--C'était mon office, madame, et je vous en demande pardon.

LA DUCHESSE.--Oui, oui, adieu, ton office est rempli. Allons, Stanley, partons-nous?

STANLEY.--Madame, votre pénitence est finie; quittez cette toile qui vous couvre, et venez vous habiller pour notre voyage.

LA DUCHESSE.--Je ne dépouillerai point ma honte avec cette toile: non, elle couvrira mes plus riches vêtements, et se montrera, quelque parure que je prenne. Allons, conduisez-moi, je languis de voir ma prison.

(Ils sortent.)

FIN DU SECOND ACTE.

ACTE TROISIÈME

SCÈNE I

L'abbaye de Bury.

Entrent au parlement LE ROI HENRI, LA REINE MARGUERITE, SUFFOLK, LE CARDINAL, YORK, BUCKINGHAM, *et d'autres personnages.*

LE ROI.--Je m'étonne que milord de Glocester ne soit pas arrivé encore; je ne sais quelle raison peut le retenir aujourd'hui; mais il n'a pas coutume de venir le dernier.

MARGUERITE.--Ne pouvez-vous donc voir, ou ne voulez-vous pas observer l'étrange changement qui s'est fait dans toutes ses manières, quel air de majesté il affecte, comme il est devenu depuis peu insolent, impérieux, différent de lui-même? Nous avons vu le temps où il était doux et affable. Si de loin seulement nous jetions un regard sur lui, aussitôt son genou fléchi faisait admirer à toute la cour sa soumission. Mais aujourd'hui si nous venons à le rencontrer, et que ce soit le matin, au moment où chacun attache un souhait à l'heure du jour, il fronce le sourcil et, montrant un oeil de colère, il passe fièrement avec un genou inflexible, dédaignant de nous rendre le respect qui nous appartient. Un petit roquet peut grogner sans qu'on y fasse attention; mais les hommes puissants tremblent lorsque le lion rugit; et Humphroy n'est pas en Angleterre un homme de peu de chose. Considérez d'abord qu'il est après vous le premier dans l'ordre de la naissance, et que si vous tombiez, c'est à lui de monter le premier. Il me semble donc que, considérant le ressentiment qu'il nourrit dans son coeur et les avantages qu'aurait pour lui votre mort, il serait contraire à la politique de le laisser approcher de trop près votre royale personne ou de l'admettre plus longtemps dans les conseils de Votre Majesté. Il a gagné par ses flatteries le coeur du peuple, et lorsqu'il lui plaira de le soulever, il est à craindre que tous ne le suivent. Le printemps commence; les mauvaises herbes ne sont pas encore profondément enracinées: si nous les laissons maintenant sur pied, elles envahiront le jardin tout entier et étoufferont les plantes utiles, privées de la culture dont elles ont besoin. Ma religieuse sollicitude pour mon seigneur m'a conduite à recueillir tous les sujets de crainte qui nous viennent de la part du duc. Si elle m'a rendue trop pusillanime, nommez ma frayeur une vaine frayeur de femme. Cédant à de meilleures raisons, je souscrirai moi-même à ce jugement, et je dirai: j'ai fait injure au duc. Milords de Suffolk, de

Buckingham et d'York, repoussez, si vous le pouvez, mes allégations, ou concluez que mes paroles sont un fait.

SUFFOLK.--Votre Grandeur a très-bien pénétré le duc, et si j'avais été le premier appelé à exprimer mon opinion, je crois que j'aurais dit absolument la même chose que Votre Grâce. C'est, j'en jurerais sur ma vie, à son instigation que la duchesse s'est livrée à ses pratiques diaboliques, ou, s'il n'a pas pris part à ce forfait, du moins son affectation à rappeler sa haute origine (étant en effet, comme le plus proche parent du roi, son successeur immédiat), toutes ses orgueilleuses vanteries sur sa noblesse auront excité l'esprit malade de la folle duchesse à tramer, par des moyens maudits, la chute de notre souverain. L'eau coule paisiblement là où son lit est profond; sous un extérieur simple il recèle la trahison. Le renard se tait quand il médite de surprendre l'agneau. Non, non, mon souverain; Glocester est un homme qu'on n'a point encore pénétré, et il est rempli d'une profonde dissimulation.

LE CARDINAL.--N'a-t-il pas, contre toutes les formes de la loi, inventé des genres de mort cruels pour de légères offenses?

YORK.--Et n'a-t-il pas, durant le cours de son protectorat, levé dans le royaume de grosses sommes d'argent pour la solde de l'armée de France, sans jamais les envoyer, d'où il arrivait que les villes se révoltaient chaque jour?

BUCKINGHAM.--Bon, ce ne sont là que de bien petits délits auprès de ceux que le temps dévoilera dans la conduite du doucereux duc Humphroy.

LE ROI.--Pour vous répondre à tous, milords, le soin que vous prenez d'arracher les épines qui pourraient offenser mes pieds, est digne de louange. Mais vous parlerai-je selon ma conscience? Notre cousin Glocester est aussi innocent de toute intention de trahison contre notre royale personne, que l'agneau qui tette ou l'innocente colombe. Le duc est né vertueux, et il est trop adonné au bien pour songer au mal, et travailler à ma ruine.

MARGUERITE.--Ah! qu'y a-t-il de plus dangereux que cette aimable confiance? S'il ressemble à la colombe, son plumage est emprunté, car ses sentiments sont ceux de l'odieux corbeau. Le prenez-vous pour un agneau? c'est qu'on lui aura prêté une peau qui n'est pas la sienne, car ses inclinations sont celles des loups dévorants. Quel est celui qui, pour tromper, ne sait pas revêtir une forme traîtresse? Prenez-y garde, seigneur; il y va de notre sûreté à tous si l'on ne coupe court aux projets de cet homme artificieux.

(Entre Somerset.)

SOMERSET.--Santé à mon gracieux souverain!

LE ROI.--Vous êtes le bienvenu, lord Somerset. Quelles nouvelles de France?

SOMERSET.--Que toutes vos possessions dans ce royaume vous sont entièrement enlevées: tout est perdu.

LE ROI.--Tristes nouvelles, lord Somerset; mais que la volonté de Dieu soit faite.

YORK, *à part*.--Tristes nouvelles pour moi, car j'espérais la France aussi fermement que j'espère la fertile Angleterre. Ainsi la fleur de mes espérances périt dans son bouton, et les chenilles en dévorent les feuilles. Mais avant peu je remédierai à tout cela, ou je vendrai mon titre pour un glorieux tombeau.

(Entre Glocester.)

GLOCESTER.--Toutes sortes de bonheur à mon seigneur et roi; pardon, mon souverain, d'avoir tant tardé.

SUFFOLK.--Non, Glocester, apprends que tu es venu encore trop tôt pour un déloyal tel que toi. Je t'arrête ici pour haute trahison.

GLOCESTER.--Comme tu voudras, Suffolk, tu ne me verras point rougir ni changer de contenance à cet arrêt. Un coeur irréprochable n'est pas facile à intimider. La source la plus pure n'est pas si exempte de limon que je suis innocent de trahison envers mon souverain. Qui peut m'accuser? de quoi suis-je coupable?

YORK.--On croit, milord, que vous vous êtes laissé payer par la France, et que durant votre protectorat vous avez retenu la solde des troupes, ce qui fait que Sa Majesté a perdu la France.

GLOCESTER.--On ne fait que le croire? Qui sont ceux qui le croient? je n'ai jamais dérobé aux soldats leur paye; je n'ai jamais reçu le moindre argent de la France. Que Dieu me protège, comme j'ai veillé la nuit, oui, une nuit après l'autre, occupé de faire le bien de l'Angleterre. Puisse l'obole, dont j'ai jamais fait tort au roi, la pièce de monnaie que j'ai détournée à mon profit, être produite contre moi au jour de mon jugement! bien plus, pour ne pas taxer les communes, j'ai déboursé sur mon propre bien, pour payer les garnisons, plus d'une somme dont je n'ai jamais demandé restitution.

LE CARDINAL.--Cela vous est très-bon à dire, milord.

GLOCESTER.--Je ne dis que la vérité, Dieu me soit en aide.

YORK.--Durant votre protectorat, vous avez inventé, pour les coupables, des supplices cruels et inouïs jusqu'alors, et vous avez déshonoré l'Angleterre par votre tyrannie.

GLOCESTER.--Eh quoi! l'on sait bien que tant que j'ai été protecteur, l'indulgence a été mon seul tort, car je me laissais attendrir par les larmes des coupables. Un aveu et quelques mots d'humilité suffisaient pour le rachat de leurs fautes. A l'exception du meurtrier sanguinaire, et du brigand félon qui dépouillait les pauvres voyageurs, jamais je n'ai mesuré la punition à l'offense. Le meurtre, à la vérité, ce crime sanglant, je l'ai puni par des tourments plus cruels que la félonie ou tout autre crime.

SUFFOLK.--Milord, il est bientôt fait de répondre à ces accusations; mais vous avez à votre charge des crimes d'une plus haute importance et dont il ne sera pas si facile de vous disculper. Je vous arrête au nom de Sa Majesté, et je vous remets entre les mains de milord cardinal, pour vous tenir en sa garde jusqu'au jour de votre procès.

LE ROI.--Milord de Glocester, j'ai, quant à moi, l'espérance que vous vous laverez de tout soupçon: ma conscience me dit que vous êtes innocent.

GLOCESTER.--Ah! mon gracieux seigneur, ces jours sont des jours de danger! la vertu est étouffée par la criminelle ambition, la charité chassée de cette cour par la main de la rancune. L'odieuse subornation est en possession du pouvoir, et l'équité est exilée de la terre où règne Votre Majesté. Je sais que l'objet de leur complot est d'avoir ma vie; et si ma mort pouvait ramener le bonheur dans cette île, et devenir le terme de leur tyrannie, je la recevrais en toute satisfaction. Mais ma mort n'est que le prologue de la pièce; et mille autres qui sont bien loin de soupçonner le péril, ne cloront pas encore la sanglante tragédie qu'ils méditent. Les yeux rouges et étincelants de Beaufort racontent le fiel de son coeur; et le front chargé de nuages de Suffolk présage les tempêtes de sa haine. Buckingham, par l'âpreté de ses discours se soulage du poids de l'envie dont son sein est surchargé; et le sombre York, qui voudrait atteindre la lune, et dont j'ai retenu le bras présomptueux, dirige contre ma vie de fausses accusations; et vous, ma souveraine dame, ainsi que les autres, vous avez, sans que je vous en aie donné sujet, appelé les disgrâces sur ma tête, et employé tout ce que vous avez de moyens pour exciter contre moi l'inimitié de mon cher seigneur. Que dis-je! vous avez tous tenu conseil ensemble; j'ai su vos secrètes assemblées, et tout a été convenu pour vous délivrer de mon innocente vie. Je ne manquerai point de faux témoins qui déposeront contre moi, ni de trahisons accumulées pour grossir la liste de mes crimes, et l'ancien proverbe sera justifié: On a bientôt trouvé un bâton pour battre un chien.

LE CARDINAL.--Seigneur, ses invectives sont intolérables. Si ceux qui veillent pour garantir vos jours du poignard caché de la trahison et de la rage des traîtres sont ainsi en butte aux personnalités, aux reproches et à l'injure, et que toute liberté de parole soit ainsi accordée au coupable, cela refroidira leur zèle pour Votre Grâce.

SUFFOLK.--N'a-t-il pas insulté notre souveraine dame par des paroles ignominieuses, bien que savamment tournées, comme si elle eût suborné des gens pour porter contre lui, avec serment, de faux témoignages et causer ainsi sa ruine?

MARGUERITE.--Je puis permettre les reproches à celui qui perd.

GLOCESTER.--Vous parlez beaucoup plus juste que vous n'en aviez l'intention. Je perds en effet, et malheur à ceux qui gagnent, car ils ont été envers moi des joueurs infidèles, et qui perd ainsi a bien le droit de parler.

BUCKINGHAM.--Il détournera le sens de nos paroles, et il nous tiendra ici tout le jour. Lord cardinal, il est votre prisonnier.

LE CARDINAL, *à sa suite.*--Vous, emmenez le duc, et gardez-le avec soin.

GLOCESTER.--Ainsi, le roi Henri rejette sa béquille avant que ses jambes soient assez fermes pour soutenir son corps. Ainsi est chassé à grands coups le berger qui veillait à tes côtés, tandis qu'autour de toi hurlent déjà les loups, qui te dévorent le premier. Ah! que ne peuvent mes craintes être vaines! Plût à Dieu! car, mon bon roi Henri, je crains ta chute.

(Des gens de la suite emmènent Glocester.)

LE ROI.--Milords, agissez selon que dans votre sagesse vous le jugerez le plus convenable; faites ou défaites comme si nous étions présent.

MARGUERITE.--Quoi, Votre Majesté veut-elle quitter le parlement?

LE ROI.--Oui, Marguerite, mon coeur est inondé d'une douleur dont les flots commencent à couler dans mes yeux. Mon corps est tout entouré de misère; car quel homme plus misérable que celui qui a perdu le contentement? Ah! mon oncle Humphroy, je vois sur ton visage tous les traits de la fidélité, de l'honneur, de la loyauté; et l'heure est encore à venir, bon Humphroy, où j'aie jamais éprouvé de toi une perfidie, où j'aie rien eu à craindre de ta foi. Quelle étoile contraire à ta fortune, lui jetant un regard d'envie, a donc pu engager ces nobles lords et Marguerite, mon épouse, à s'armer ainsi contre ta vie inoffensive? Tu ne leur as jamais fait aucun tort, tu n'as fait tort à personne. Comme le boucher emmène le jeune veau, lie le malheureux, et le bat s'il s'écarte du chemin qui le conduit à la sanglante maison du meurtre, de même, et sans remords, ils t'ont amené en ce lieu; et moi, comme la mère qui court çà et là en mugissant, et regardant le chemin par où lui a été emmenée son innocente progéniture, et ne pouvant rien pour lui, que gémir sur la perte de son enfant chéri, je déplore le sort du bon Glocester, avec d'amères et d'inutiles larmes. Mes yeux obscurcis de pleurs suivent sa trace et ne peuvent le secourir, tant sont puissants ses ennemis conjurés! Je pleurerai ses malheurs, et entre chaque gémissement je répéterai: *Qui que ce soit qui puisse être un traître, ce n'est pas* Glocester.

(Il sort.)

MARGUERITE.--Milords, vous qui êtes libres de scrupules, songez que la chaleur des rayons du soleil fond la neige la plus glacée. Henri, mon seigneur, est froid dans les grandes affaires. Trop plein d'une puérile pitié, l'apparente vertu de Glocester le trompe, comme la plainte du crocodile attire dans le piége de sa fausse douleur le voyageur compatissant, ou comme le serpent qui, sur un sentier fleuri, et paré des brillantes couleurs de sa peau, blesse l'enfant à qui sa beauté l'avait fait juger excellent en toutes choses. Croyez-moi, milords, si personne ici n'était plus sage que moi, et cependant je ne crois pas mon jugement mauvais, ce Glocester serait bientôt délivré des soins du monde, pour nous délivrer de la peur qu'il nous fait.

LE CARDINAL.--Il est d'une sage politique de le faire périr: mais nous manquons de couleurs pour sa mort; il convient qu'il soit jugé dans la forme régulière des lois.

SUFFOLK.--C'est là ce qui, dans mon opinion, serait contre la politique. Le roi travaillera sans relâche à lui sauver la vie. Le peuple peut aussi très-bien se soulever pour le défendre. Et cependant nous n'avons, pour prouver qu'il a mérité la mort, rien autre chose que le prétexte banal du soupçon.

YORK.--En sorte que, par cette raison, vous ne voulez pas qu'il meure?

SUFFOLK.--Ah! York, nul homme vivant ne le désire autant que moi.

YORK.--C'est York qui a le plus grand intérêt à sa mort. Mais parlez, milord cardinal, et vous, milord Suffolk, dites ce que vous pensez, et parlez dans toute la sincérité de vos âmes. Ne vaudrait-il pas autant charger un aigle à jeun de garder les poulets contre un vautour affamé, que de faire du duc Humphroy le protecteur du roi?

MARGUERITE.--Les pauvres poulets seraient bien sûrs de leur mort.

SUFFOLK.--Il est bien vrai, madame. Pourrait-on, sans folie, établir le renard pour gardien de la bergerie, et, tout accusé qu'il est de donner la mort en trahison, attendre sottement à le déclarer coupable, sous le prétexte qu'il n'a point encore exécuté son crime? Non, qu'il meure, parce que c'est un renard, connu par sa nature pour ennemi des troupeaux, et avant que sa gueule soit rougie de sang: nous avons prouvé, par de fortes raisons, qu'Humphroy agirait ainsi à l'égard de notre souverain. N'allons donc point perdre le temps en subtils débats sur le genre de sa mort; par embûche, piége ou surprise, éveillé ou endormi, peu importe, pourvu qu'il meure. La fraude est permise quand elle prévient celui qui le premier a médité la fraude.

MARGUERITE.--Trois fois noble Suffolk, c'est parler avec courage.

SUFFOLK.--Il n'y a point de courage si l'action ne suit les paroles; car souvent on dit ce qu'on n'a pas l'intention d'exécuter: mais en ceci mon coeur s'accorde avec ma langue. Considérant que l'acte est méritoire, et va à défendre mon roi de son ennemi, vous n'avez qu'à dire un mot, et je lui servirai de prêtre.

LE CARDINAL.--Mais je voudrais qu'il mourût, milord de Suffolk, un peu plus tôt que vous ne pouvez avoir reçu les ordres; l'action bien examinée, prononcez que vous en êtes d'accord; et je me charge de l'exécution, tant je chéris le salut de mon souverain!

SUFFOLK.--Voilà ma main, l'action est légitime.

MARGUERITE.--J'en dis autant.

YORK.--Et moi aussi; et maintenant que nous l'avons prononcé tous trois, il importe peu qui attaque notre arrêt.

(Entre un messager.)

LE MESSAGER.--Nobles pairs, je suis venu d'Irlande en grande diligence pour vous informer que les peuples se sont révoltés, et ont passé les Anglais au fil de l'épée. Envoyez un prompt secours, milords, et hâtez-vous d'arrêter leur furie avant que le mal devienne incurable; car, tandis qu'il est dans sa nouveauté, on peut espérer d'y porter remède.

LE CARDINAL.--C'est une brèche qui demande qu'on la répare promptement. Quel conseil donnez-vous dans cet urgent péril?

YORK.--Que Somerset y soit envoyé comme régent. Il est à propos d'employer un heureux administrateur; il a eu tant de succès en France!

SOMERSET.--Si York, avec sa politique tortueuse, avait été régent à ma place, il n'eût jamais tenu en France aussi longtemps.

YORK.--Non pas, certes, pour la perdre tout entière comme tu l'as fait. J'aurais plutôt perdu la vie à propos que de rapporter dans ma patrie ce fardeau de déshonneur, en m'arrêtant si longtemps jusqu'à ce que tout fût perdu. Montre-moi sur ta peau la marque d'une blessure. Une chair si bien conservée remporte rarement la victoire.

MARGUERITE.--Eh quoi! cette étincelle va devenir un incendie violent, si on s'accorde à l'exciter et à l'entretenir. York, cher Somerset, contenez-vous.--Si on t'eût chargé de la régence, ta fortune, York, eût peut-être été pire encore que la sienne.

YORK.--Quoi? pire que rien? Mais que la honte les engloutisse!

SOMERSET.--Et toi avec, qui nous désires la honte.

LE CARDINAL.--Milord York, éprouvez votre fortune: les sauvages Kernes d'Irlande sont en armes, et trempent la terre avec le sang des Anglais. Voulez-vous conduire en Irlande une troupe d'hommes d'élite choisis séparément sur chaque comté, et essayer votre bonheur contre les Irlandais?

YORK.--Je le veux bien, milord, si c'est le bon plaisir de Sa Majesté.

SUFFOLK.--Notre autorité dirige son consentement. Ce que nous établissons, il le confirme toujours. Allez donc, noble York, et chargez-vous de cette tâche.

YORK.--Je l'accepte. Ayez soin de me fournir des soldats, milord, tandis que je mettrai ordre à mes affaires particulières.

SUFFOLK.--C'est un soin dont je me charge, lord York. Revenons à présent au perfide duc Humphroy.

LE CARDINAL.--N'en parlons plus. Je ferai ses affaires de telle sorte, que dorénavant nous n'aurons plus à nous en inquiéter: ainsi, brisons là. Le jour baisse; lord Suffolk, vous et moi, nous avons quelque chose à régler ensemble sur cet événement.

YORK.--Milord de Suffolk, dans quinze jours j'attendrai mes soldats à Bristol; c'est là que je les embarquerai pour l'Irlande.

SUFFOLK.--J'aurai soin que tout soit bien préparé, milord d'York.

(Tous sortent excepté York.)

YORK.--A présent, York, ou jamais, donne à tes timides pensées la trempe de l'acier, et change enfin tes doutes en résolutions. Sois ce que tu espères être, ou cède à la mort ce que tu es, et qui ne mérite pas d'être conservé. Laisse la pâle crainte à l'homme né dans la bassesse; elle ne doit point trouver asile dans un coeur de race royale. Pressées comme les gouttes d'une ondée de printemps, les pensées succèdent dans mon âme aux pensées, et pas une qui ne tende au pouvoir. Mon cerveau plus actif que l'araignée laborieuse, ourdit de pénibles trames pour envelopper mes ennemis.--A merveille, nobles, à merveille, c'est un trait de votre haute prudence de m'envoyer avec un corps de soldats. Je crains bien que vous ne fassiez que réchauffer le serpent affamé qui, ranimé dans votre sein, vous percera le coeur. Il me manquait des hommes et vous allez me les donner. Je vous en sais bon gré, mais soyez sûrs que vous placez des épées tranchantes dans les mains d'un furieux. Tandis qu'en Irlande j'entretiendrai des forces redoutables, je veux susciter en Angleterre quelque noire tempête, dont le souffle envoie dix mille âmes au ciel ou en enfer; et cet ouragan terrible ne s'apaisera que lorsque, placé sur ma tête, le cercle d'or, semblable aux rayons perçants du soleil, calmera la violence de ce tourbillon furieux. J'ai déjà séduit, pour me servir d'instrument, un habitant de Kent, le fougueux Jean Cade d'Ashford; il doit, sous le nom de Jean Mortimer, exciter un soulèvement aussi étendu qu'il lui sera possible. J'ai vu en Irlande cet indomptable Cade combattre seul une troupe de Kernes, et se défendre si longtemps que ses cuisses hérissées de traits offraient presque l'aspect d'un porc-épic redressant ses dards, et lorsque enfin il eut été secouru, je le vis sauter en se relevant sur ses pieds comme un danseur moresque, et secouant les dards sanglants comme celui-ci agite ses sonnettes. Souvent, sous l'apparence d'un rusé Kerne aux cheveux ébouriffés il s'est introduit parmi les ennemis, et sans être découvert il est revenu vers moi me rendre compte de leurs perfides projets. Ce démon sera mon substitut dans ces lieux; car dans son port, dans ses traits, dans le son de sa voix, il ressemble en tout à Jean Mortimer qui n'est plus. Par là je sonderai les dispositions du peuple, et je connaîtrai s'il est disposé en faveur de la maison et des prétentions d'York. Supposons qu'il soit pris, martyrisé, mis à la torture: parmi les tourments qu'on lui peut infliger je n'en connais pas un qui soit capable de lui arracher l'aveu que c'est à mon instigation qu'il a pris les armes. Supposons qu'il prospère, comme cela est vraisemblable, j'arriverai d'Irlande à la tête de mes troupes et recueillerai la moisson qu'aura semée ce coquin; car Humphroy mort, comme il va l'être, et Henri mis de côté, le reste est à moi.

(Il sort.)

SCÈNE II

A Bury.--Un appartement dans le palais.

Entrent précipitamment quelques ASSASSINS.

PREMIER ASSASSIN.--Cours vers milord de Suffolk: apprends-lui que nous venons d'expédier le duc comme il l'a commandé.

SECOND ASSASSIN.--Ah! que cela fût encore à faire! Qu'avons-nous fait?--As-tu jamais entendu un homme si pénitent?

(Entre Suffolk.)

PREMIER ASSASSIN.--Voici milord.

SUFFOLK.--Eh bien, vous autres, avez-vous expédié notre affaire?

PREMIER ASSASSIN.--Oui, mon bon seigneur.

SUFFOLK.--Voilà une bonne parole; allez chez moi, je récompenserai ce périlleux service. Le roi et tous les pairs sont sur mes pas; disparaissez. Avez-vous remis le lit en ordre, et tout disposé suivant les instructions que je vous avais données?

PREMIER ASSASSIN.--Oui, mon bon seigneur.

SUFFOLK.--Allez, partez.

(Les assassins sortent.)

(Entrent le roi Henri, la reine Marguerite, le cardinal, Somerset, lords et autres personnages.)

LE ROI.--Allez, avertissez le duc de Glocester de comparaître sur-le-champ en notre présence: dites à Sa Grâce que j'ai résolu d'examiner aujourd'hui s'il est coupable, comme on le publie.

SUFFOLK.--Je vais le chercher, mon noble seigneur.

(Suffolk sort.)

LE ROI.--Milords, prenez vos places, et, je vous en prie, ne procédez point avec rigueur contre mon oncle Glocester, à moins que des témoins sincères, et d'une bonne réputation, ne l'aient convaincu de pratiques coupables.

MARGUERITE.--A Dieu ne plaise que la haine puisse réussir à faire condamner un noble qui ne serait pas coupable! Je prie le Ciel que Glocester parvienne à se laver de tout soupçon.

LE ROI.--Je te remercie, Marguerite; ces paroles me donnent une grande satisfaction. *(Rentre Suffolk.)* Qu'est-ce, Suffolk? D'où vient cette pâleur? Pourquoi trembles-tu ainsi?... Où est notre oncle? Que lui est-il arrivé, Suffolk?

SUFFOLK.--Mort dans son lit, seigneur! Glocester est mort!

MARGUERITE.--Dieu nous en préserve!

LE CARDINAL.--Un secret jugement de Dieu! J'ai rêvé cette nuit que le duc était muet et ne pouvait prononcer une parole.

(Le roi s'évanouit.)

MARGUERITE.--Qu'arrive-t-il à mon seigneur?--Au secours, milords!--Le roi est mort!

SOMERSET.--Relevez-le; tordez-lui le nez.

MARGUERITE.--Courez, allez... Au secours! au secours! Oh! Henri, ouvre les yeux!

SUFFOLK.--Il se ranime, madame; calmez-vous.

LE ROI.--O Dieu du ciel!...

MARGUERITE.--Comment se trouve mon gracieux seigneur?

SUFFOLK.--Prenez courage, mon souverain; gracieux Henri, prenez courage.

LE ROI.--Quoi! c'est milord de Suffolk qui me conseille de prendre courage, lui qui vient de me faire entendre un chant de corbeau dont les sons funèbres ont arrêté en moi les forces vitales; croit-il que la voix joyeuse d'un roitelet qui, du fond d'un sein perfide, viendra me crier *courage*, pourra chasser le souvenir du son que j'ai d'abord entendu?--Ne cache point ton venin sous des paroles emmiellées.--Ne porte pas tes mains sur moi; éloigne-toi, te dis-je: leur toucher m'épouvante comme le dard du serpent. Sinistre messager, ôte-toi de ma vue; sous tes prunelles s'assied la tyrannie sanguinaire, effrayant le monde de sa hideuse majesté. Ne porte point tes regards sur moi; tes regards assassinent... Mais non, ne t'éloigne pas; viens, basilic, et tue de tes regards l'innocent qui te contemple, car dans les ombres de la mort je trouverai la joie; et vivre, c'est pour moi une double mort, puisque Glocester ne vit plus.

MARGUERITE.--Pourquoi maltraiter ainsi milord Suffolk? Quoique le duc fût son ennemi, il déplore chrétiennement sa mort: et moi-même, quelque inimitié qu'il m'ait montrée, si d'humides larmes, des gémissements qui déchirent le coeur, et si les soupirs qui consument le sang pouvaient le rappeler à la vie, je serais aveuglée par mes pleurs, malade à force de gémissements; mon sang, dévoré par les soupirs, laisserait mes joues pâles comme la primevère, et tout cela pour rendre la vie au noble duc. Et que sais-je de l'opinion que va prendre de moi le monde? On a appris qu'il y avait entre nous peu d'amitié. On pourra soupçonner que c'est moi qui me suis débarrassée du duc: ainsi la calomnie flétrira mon nom, et les cours des princes seront remplies de mon déshonneur. Voilà ce qui me revient de sa mort: malheureuse que je suis! être reine et se voir couronnée d'infamie!

LE ROI.--Ah! malheur à moi d'avoir perdu Glocester! Pauvre infortuné!

MARGUERITE.--Malheur à moi, bien plus à plaindre que lui! Quoi! tu te détournes et caches ton visage! Je ne suis point dégoûtante de lèpre, regarde-moi. Quoi! es-tu donc devenu sourd comme le serpent [15]? Deviens donc venimeux comme lui, et tue ta reine abandonnée. Tout ton bonheur est-il donc renfermé dans la tombe de Glocester? S'il en est ainsi, Marguerite ne fit jamais ta joie. Élève une statue au duc, adore-le, et fais de mon image l'enseigne d'un cabaret. Est-ce donc pour cela que j'ai failli périr sur la mer, deux fois repoussée, par les vents contraires, des rivages de l'Angleterre sur ma terre natale? Que signifiait ce présage, si ce n'est un avertissement des vents bienveillants, qui semblaient me dire: Ne va point chercher un nid de scorpions, ne pose point ton pied sur ce rivage ennemi. Et moi, que faisais-je alors que maudire les vents propices, et celui qui les avait déchaînés de leurs antres d'airain? Je les conjurais de souffler vers les bords chéris de l'Angleterre, ou de jeter la quille de notre bâtiment sur quelque rocher épouvantable. Cependant Éole ne voulut point devenir meurtrier; il te laissa cet odieux emploi. La mer bondissant avec ménagement refusa de m'engloutir, sachant que, sur le rivage, ta dureté devait me noyer dans des larmes aussi amères que ses eaux. Les rochers aigus s'enfoncèrent dans les sables affaissés, et ne voulurent point me briser sur leurs flancs raboteux, afin que ton coeur de pierre, plus insensible qu'eux, fit dans ton palais périr Marguerite. Tandis que l'orage nous repoussait de tes bords, d'aussi loin que je pus apercevoir tes promontoires blanchâtres, je demeurai sur le tillac au milieu de la tempête: et lorsqu'un ciel ténébreux vint dérober à mes yeux avides la vue de ton pays, j'ôtai de mon cou un joyau précieux (c'était un coeur enchâssé dans le diamant), et je le jetai du côté de la terre. La mer le reçut, et je formai le voeu que ton sein pût de même recevoir mon coeur. C'est alors que, perdant de vue la belle Angleterre, j'aurais voulu que mes yeux pussent me quitter avec mon coeur; c'est alors que je les traitai de verres troubles et aveugles, pour n'avoir pas su me conserver la vue des rives désirées d'Albion. Combien de fois ai-je excité Suffolk, l'agent de ta coupable inconstance, à venir, assis près de moi, m'enchanter de ses récits, comme Ascagne égara l'âme de Didon en lui racontant les actions de son père, à partir de l'incendie de Troie? N'ai-je pas été séduite comme elle? N'es-tu pas perfide comme lui? Hélas! je succombe. Meurs, Marguerite, car Henri déplore que tu vives si longtemps.

Note 15: (retour) Le serpent qui se bouche les oreilles pour ne pas entendre la voix de l'enchanteur.

(Bruit derrière le théâtre. Entrent Salisbury et Warwick. Le peuple se presse à la porte.)

WARWICK.--Puissant souverain, un bruit se répand que le bon duc Humphroy a été assassiné en trahison, par l'ordre de Suffolk et du cardinal Beaufort. Le peuple, semblable à un essaim irrité qui a perdu son chef, se répand de côté et d'autre, sans s'inquiéter où tombe l'aiguillon. J'ai obtenu qu'ils suspendissent la fureur de leur révolte, jusqu'à ce qu'ils fussent instruits des circonstances de sa mort.

LE ROI.--Que le duc est mort, bon Warwick, il n'est que trop vrai; mais comment il est mort, Dieu le sait, et non pas Henri. Entrez dans sa chambre, voyez son corps inanimé, et faites alors vos conjectures sur sa mort soudaine.

WARWICK.--Oui, je vais y entrer, seigneur. Salisbury, demeure jusqu'à mon retour près de cette multitude emportée.

(Warwick entre dans une chambre intérieure, et Salisbury se retire.)

LE ROI.--O toi qui juges toutes choses, arrête mes pensées, mes pensées qui s'évertuent à convaincre mon âme que la violence a terminé la vie de Glocester. Si mon soupçon est injuste, pardonne-moi, grand Dieu! car le jugement n'appartient qu'à toi seul.--Mon désir serait d'aller, par vingt mille baisers, réchauffer ses lèvres pâlies, verser sur son visage un océan de larmes amères, dire ma tendresse à ce corps muet et sourd, presser de ma main sa main insensible. Mais de quoi lui serviraient ces misérables honneurs? et, en tournant mes yeux sur sa froide et terrestre dépouille, que ferais-je qu'augmenter ma douleur?

(On ouvre les deux battants d'une porte conduisant à une chambre intérieure, où l'on voit Glocester mort dans son lit. Warwick et plusieurs autres l'entourent.)

WARWICK.--Approchez, gracieux souverain; jetez les yeux sur ce corps.

LE ROI.--C'est donc pour y contempler à quelle profondeur on a creusé ma tombe; car avec son âme se sont envolées toutes mes joies en ce monde; en le regardant, je vois dans sa mort le destin de ma vie.

WARWICK.--Aussi certainement que mon âme espère vivre avec ce roi redoutable qui, pour nous racheter de la malédiction de son père irrité, a pris sur lui notre état, aussi certainement je crois que la violence a terminé les jours de ce duc trois fois renommé.

SUFFOLK.--C'est là un serment terrible, prononcé d'un ton bien solennel! Et quelle preuve donne lord Warwick de ce qu'il atteste?

WARWICK, *au roi*.--Observez comme son sang est arrêté sur son visage. J'ai vu plus d'une fois un corps que venait d'abandonner la vie, mais je l'ai vu de couleur terreuse, amaigri, pâle, vide de son sang, tout entier descendu vers le coeur qui, dans les assauts que lui livre la mort, attire le sang pour s'en aider contre son ennemie. Il s'y glace au même instant que le coeur, et ne retourne jamais animer et embellir la face des morts. Mais voyez; son visage est noir, gonflé de sang, le globe de l'oeil bien plus saillant que pendant sa vie, ses yeux ouverts et hagards comme ceux d'un homme étranglé; ses cheveux dressés, ses narines dilatées par de violents efforts, ses mains ouvertes et écartées, comme celles d'un homme qui a cherché à saisir, qui a défendu sa vie, et a été vaincu par la force. Voyez sur ses draps l'empreinte de sa chevelure, et sa barbe, ordinairement si bien rangée, inégale et en désordre, comme le blé renversé par la tempête. Il est impossible, seigneur, que Glocester n'ait pas été étouffé à cette place: le moindre de ces signes fournirait à lui seul une probabilité.

SUFFOLK.--Quoi, Warwick! Eh! qui donc aurait assassiné le duc? Beaufort et moi l'avions sous notre protection; et ni l'un ni l'autre, j'espère, milords, nous ne sommes des assassins.

WARWICK.--Mais tous deux vous étiez les ennemis jurés du duc Humphroy, et tous deux, en effet, vous aviez le bon duc à votre garde. Il y avait lieu de juger que votre dessein n'était pas de le traiter en ami, et il est bien manifeste qu'il a trouvé un ennemi.

MARGUERITE.--Ainsi, vous paraissez soupçonner ces deux nobles seigneurs d'être coupables de la mort précipitée d'Humphroy?

WARWICK.--Qui peut trouver la génisse sans vie et saignant encore, et voir auprès d'elle le boucher, la hache à la main, et ne pas soupçonner que c'est lui qui a porté le coup mortel? Qui peut trouver la perdrix dans le nid du vautour, et ne pas imaginer comment est mort l'oiseau, quoique sur le bec du vautour qui s'envole ne paraisse aucune trace de sang? Ce tragique spectacle fait naître des soupçons tout pareils.

MARGUERITE.--Êtes-vous le boucher, Suffolk? où est votre couteau? Beaufort est-il désigné pour le vautour? où sont ses serres?

SUFFOLK.--Je n'ai point de couteau pour poignarder un homme endormi; mais voici une épée vengeresse qui, rouillée par le repos, va s'éclaircir dans ce coeur rempli de fiel, qui veut me marquer ignominieusement des signes sanglants du meurtre. Dis, si tu l'oses, orgueilleux lord du comté de Warwick, que j'ai eu une coupable part à la mort du duc Humphroy.

WARWICK.--Que n'osera pas Warwick, si le perfide Suffolk ose le défier?

MARGUERITE.--Il craindrait, quand Suffolk l'en défierait vingt fois, de contenir son caractère outrageant, d'imposer silence à son arrogante censure.

WARWICK.--Madame, tenez-vous en repos, j'ose vous le demander avec respect, car chaque mot que vous prononcez en sa faveur est un affront fait à votre royale dignité.

SUFFOLK.--Lord stupide et brutal, ignoble dans ta conduite, si jamais femme outragea son époux à cet excès, il est sûr que ta mère admit dans son lit déshonoré quelque paysan farouche et mal-appris, et qu'elle enta sur une noble tige un vil sauvageon dont tu es le fruit, et non celui de la noble race des Nevil.

WARWICK.--Si le crime de ton meurtre ne te servait de bouclier, si je consentais à frustrer le bourreau de ses profits, et à t'affranchir ainsi de dix mille opprobres, et si la présence de mon roi ne contenait ma colère, je voudrais, traître et lâche meurtrier, te faire demander pardon à genoux, pour la parole qui vient de t'échapper, et te contraindre à confesser que c'est de ta mère que tu voulais parler, et que c'est toi qui es né dans l'adultère; et, après avoir reçu de toi cet hommage de ta peur, je te donnerais ton salaire, et j'enverrais ton âme aux enfers, pernicieux vampire des hommes endormis.

SUFFOLK.--Tu seras éveillé quand je verserai le tien, si tu as le courage de me suivre hors de cette assemblée.

WARWICK.--Sortons tout à l'heure, ou je t'en vais arracher. Quoique tu en sois indigne, je veux bien me mesurer avec toi, et rendre ainsi un hommage funèbre aux mânes du duc Humphroy.

(Warwick et Suffolk sortent.)

LE ROI.--Quelle cuirasse plus impénétrable qu'un coeur irréprochable! il porte une triple armure, l'homme dont la querelle est juste: mais, fût-il enfermé dans l'acier, celui dont la conscience est souillée par l'injustice reste nu et sans défense!

(Bruit derrière le théâtre.)

MARGUERITE.--Quel bruit est-ce là?

(Rentrent Suffolk et Warwick l'épée nue.)

LE ROI.--Que vois-je, lords? quoi! vos épées menaçantes hors du fourreau, en notre présence! osez-vous vous permettre une telle audace? Eh quoi! quelle clameur tumultueuse s'élève près d'ici?

SUFFOLK.--Le traître Warwick et les hommes de Bury, puissant souverain, se sont tous réunis contre moi.

(Bruit tumultueux derrière le théâtre.)

(Rentre Salisbury.)

SALISBURY, *parlant à la foule derrière le théâtre.*--Écartez-vous, mes amis; le roi connaîtra vos sentiments. Redoutable seigneur, les communes vous déclarent par ma voix que, si le traître Suffolk n'est pas sur-le-champ mis à mort, ou banni du territoire de la belle Angleterre, on viendra l'arracher de force de votre palais, et on lui fera souffrir les tourments d'une mort lente et cruelle. Le peuple dit que c'est par lui qu'a péri le bon duc Humphroy, qu'il y a tout à craindre de lui pour la vie de Votre Majesté; et qu'un pur mouvement d'attachement et de zèle, exempt de toute espèce d'intention de révolte, telle que serait la pensée de contredire votre royale volonté, a seul excité la hardiesse avec laquelle vos sujets demandent son bannissement. Ils sont, disent-ils, pleins de sollicitude pour votre royale personne; si Votre Majesté voulait se livrer au sommeil, et eût défendu sous peine de disgrâce, ou même de la mort, que l'on osât troubler votre repos, et que, cependant, on vit un serpent, avec sa langue à double dard, se glisser en silence vers Votre Majesté, malgré cet édit rigoureux il serait nécessaire que l'on vous réveillât, de peur que, si on vous laissait à ce dangereux assoupissement, l'animal meurtrier ne le changeât en un sommeil éternel. Tel est le motif, seigneur, qui porte vos peuples à vous crier, bien que vous l'ayez défendu, qu'avec ou sans votre consentement, ils veulent vous garder d'un serpent aussi dangereux que le traître Suffolk, dont le dard fatal et empoisonné a déjà, disent-ils, lâchement ôté la vie à votre cher et digne oncle qui valait vingt fois mieux que lui.

LE PEUPLE, *derrière le théâtre*.--Une réponse du roi, milord de Salisbury.

SUFFOLK.--On conçoit que le peuple, canaille insolente et grossière, eût pu adresser un pareil message à son souverain: mais vous, milord, vous vous êtes chargé avec joie de le porter, pour montrer l'élégance de votre talent d'orateur. Cependant tout l'honneur qu'y aura gagné Salisbury, c'est d'avoir été auprès du roi le lord ambassadeur d'une compagnie de chaudronniers.

LE PEUPLE, *derrière le théâtre*.--Une réponse du roi, ou nous allons forcer l'entrée.

LE ROI.--Retournez, Salisbury; dites-leur à tous, de ma part, que je leur sais gré de leur tendre sollicitude, et que, n'en eussé-je pas été pressé par eux, j'avais dessein de faire ce qu'ils demandent; car j'ai dans l'esprit la continuelle et ferme pensée que l'État est menacé de quelque malheur par le fait de Suffolk. C'est pourquoi je jure, par la majesté suprême dont je suis le très-indigne représentant, que dans trois jours Suffolk aura, sous peine de mort, cessé de souiller de son haleine l'air de ce pays.

MARGUERITE.--O Henri! laissez-moi vous toucher en faveur du noble Suffolk.

LE ROI.--Reine sans noblesse, quand tu l'appelles le noble Suffolk, pas un mot de plus, je te le dis; en me parlant pour lui tu ne feras qu'ajouter à ma colère. N'eussé-je fait que le dire, j'aurais voulu tenir ma parole; mais, quand je l'ai juré, mon arrêt est irrévocable. (*A Suffolk.*) Si, passé le terme de trois jours, on te trouve sur aucune terre de ma domination, le monde entier ne rachètera pas ta vie. Viens, Warwick, viens, bon Warwick, suis-moi; j'ai des choses importantes à te communiquer.

(Sortent le roi Henri, Warwick, lords, etc.)

MARGUERITE.--Puissent la fatalité et la douleur vous suivre en tous lieux! Que la désolation du coeur et l'inconsolable affliction soient les compagnes et la société de vos loisirs! Qu'avec vous deux le diable fasse le troisième, et qu'une triple vengeance s'attache à vos pas!

SUFFOLK.--Cesse, aimable reine, ces imprécations, et laisse ton cher Suffolk te dire un douloureux adieu.

MARGUERITE.--Honte à toi, lâche femmelette! malheureux au coeur faible, n'as-tu donc pas le courage de maudire tes ennemis?

SUFFOLK.--La peste les étouffe!--Et pourquoi les maudirais-je? Si, comme le gémissement de la mandragore, les malédictions avaient le pouvoir de tuer, je voudrais inventer des paroles aussi poignantes, aussi maudites, aussi acerbes, aussi horribles à entendre, et les faire sortir énergiquement de ma bouche à travers mes dents serrées, avec autant de signes d'une haine mortelle qu'en peut manifester dans son antre détestable le visage décharné de l'Envie. Ma langue s'embarrasserait dans la rapidité de mes paroles, mes yeux étincelleraient comme le caillou sous l'acier, mes cheveux se dresseraient sur leurs racines, comme ceux d'un frénétique; oui, chacun de mes muscles semblerait exécrer et maudire; et même dans ce moment je sens que mon coeur surchargé se briserait si je ne les maudissais. Poison, sois leur breuvage; fiel, pis que le fiel leur plus doux aliment; que leur plus gracieux ombrage soit un bocage de cyprès, que pour leur plus charmant aspect ils n'aperçoivent que des basilics meurtriers, que ce qu'ils touchent de plus doux leur soit aussi âpre que la dent du lézard, qu'ils aient pour toute musique des sons effrayants comme le sifflement des serpents, et que les lugubres cris du hibou, précurseur de la mort, viennent compléter le concert! puissent toutes les noires terreurs de l'enfer, siége de ténèbres....

MARGUERITE.--Arrête, cher Suffolk, tu ne fais que te tourmenter toi-même; et c'est contre toi seul que ces terribles malédictions tournent toute leur force, comme une arme trop chargée, ou le rayon du soleil répercuté par une glace.

SUFFOLK.--C'est vous qui m'avez demandé ces imprécations, et c'est vous qui voulez les arrêter! Par cette terre dont je suis banni, je pourrais maintenant passer à maudire toute une nuit d'hiver, dussé-je la passer nu, sur le sommet d'une montagne, où l'âpreté du froid n'aurait jamais laissé croître un seul brin d'herbe; et ce ne serait pour moi qu'une minute écoulée dans les plaisirs.

MARGUERITE.--Oh! je t'en conjure, cesse. Donne-moi ta main, que je l'arrose de mes douloureuses larmes; ne laisse jamais la pluie du ciel la mouiller et en effacer ce monument de ma douleur. *(Elle lui baise la main.)* Oh! je voudrais que ce baiser pût s'imprimer sur ta main, comme un cachet qui te rappelât ces lèvres d'où s'exhalent pour toi mille soupirs. Allons, va-t'en pour que je connaisse tout mon malheur; tant que tu es là près de moi, je ne fais que me le représenter, comme on peut penser au besoin au milieu des excès d'un repas.--J'obtiendrai ton rappel, ou, sois-en bien assuré, je m'exposerai à être bannie moi-même. Je le suis bannie, puisque je le suis de toi; va, ne me parle pas, va-t'en tout de suite. Oh! ne t'en va pas encore!.... ainsi deux amis condamnés à la mort se pressent et s'embrassent, et se disent mille fois adieu, ayant bien plus de peine à se séparer qu'à mourir.... Et cependant adieu enfin, et avec toi, adieu la vie!

SUFFOLK.--Ainsi le pauvre Suffolk souffre dix exils, un par le roi, et par toi trois fois un triple exil. Ce n'est point mon pays que je regrette. Si tu en sortais avec moi! Un désert serait assez peuplé pour Suffolk, s'il y jouissait du charme céleste de ta présence; car où tu es, là est mon univers, accompagné de tous les plaisirs qui le remplissent, et où tu n'es pas, il n'y a rien que désolation. Je n'en puis plus; vis, pour vivre heureuse: moi, pour ne sentir qu'une seule joie, c'est que tu vives.

(Entre Vaux.)

MARGUERITE.--Où court Vaux avec tant de précipitation? Quelles nouvelles, je t'en prie?

VAUX.--Annoncer au roi, madame, que le cardinal Beaufort touche à l'heure de sa mort; il a été tout à coup saisi d'un mal effrayant qui le fait haleter, rouler les yeux, et aspirer l'air avec avidité, blasphémant Dieu, et maudissant tous les hommes de la terre. Tantôt il parle comme si l'ombre du duc Humphroy était à ses côtés; tantôt il appelle le roi, puis confie tout bas à son oreiller, comme s'il parlait au roi, les secrets de son âme surchargée; et dans ce moment je suis envoyé pour informer Sa Majesté qu'il l'appelle à grands cris.

MARGUERITE.--Allez, faites votre triste message au roi. *(Vaux sort.)* Hélas! qu'est-ce que ce monde, et quelle nouvelle? mais quoi, irai-je donc m'affliger d'une misérable perte à déplorer une heure, et oublier l'exil de Suffolk, trésor de mon âme! Comment se fait-il, Suffolk, que je ne pleure pas uniquement sur toi, le disputant aux nuages du midi par l'abondance de mes larmes qui nourriraient mon chagrin comme les leurs nourrissent la terre? Mais hâte-toi de partir; le roi, tu le sais, va venir; et s'il te trouve avec moi, tu es mort.

SUFFOLK.--Si je me sépare de toi, je ne puis plus vivre. Mourir en ta présence, serait-ce autre chose que m'endormir avec joie dans tes bras? J'exhalerais mon âme dans les airs aussi doucement, aussi paisiblement que l'enfant au berceau qui meurt la mamelle de sa mère entre les lèvres. Mais mourant loin de toi, je mourrai dans les accès de la rage; je t'appellerai à grands cris pour clore mes yeux, pour fermer ma bouche de tes lèvres, et retenir mon âme prête à fuir, ou la recevoir dans ton coeur avec mon dernier soupir, et la faire vivre ainsi dans un doux Élysée. Mourir près de toi n'est qu'un jeu; mourir loin de toi serait un tourment pire que la mort. Oh! laisse-moi rester ici, arrive qui pourra.

MARGUERITE.--Ah! pars: la séparation est un douloureux corrosif, mais qu'il faut appliquer à une blessure mortelle. En France, cher Suffolk! Instruis-moi de ton sort, et, quelque part que tu t'arrêtes sur ce vaste globe, je saurai trouver une Iris pour t'y découvrir.

SUFFOLK.--Je pars!

MARGUERITE.--Et emporte mon coeur avec toi.

SUFFOLK.--Joyau gardé dans la plus lugubre cassette qui ait jamais renfermé une chose de prix! Nous nous séparons en deux comme une barque brisée sur le rocher; c'est de ce côté que la mort va m'engloutir.

MARGUERITE.--Et moi de ce côté.

(Ils sortent de deux côtés différents.)

SCÈNE III

Londres.--La chambre à coucher du cardinal Beaufort.

Entrent LE ROI HENRI, SALISBURY, WARWICK, *et plusieurs autres.* LE CARDINAL *est dans son lit entouré de plusieurs personnes.*

LE ROI.--Comment vous portez-vous, milord? Parle, Beaufort, à ton souverain.

LE CARDINAL.--Si tu es la mort, je te donnerai, des trésors de l'Angleterre, assez pour acheter une autre île pareille, afin que tu me laisses vivre et cesser de souffrir.

LE ROI.--Ah! quel signe d'une mauvaise vie, lorsque l'approche de la mort se montre si terrible!

WARWICK.--Beaufort, c'est ton souverain qui te parle.

LE CARDINAL.--Faites-moi mon procès quand vous voudrez.--N'est-il pas mort dans son lit? Où devait-il mourir? Puis-je faire vivre les hommes bon gré mal gré?--Oh! ne me torturez pas davantage, je confesserai.... Quoi, encore en vie? Montrez-moi donc où il est. Je donnerai mille livres pour le voir.... Il n'a point d'yeux, la poussière les a éteints. Peignez donc ses cheveux. Voyez, voyez, ils sont hérissés et droits comme des rameaux englués, pour arrêter les ailes de mon âme! Donnez-moi quelque chose à boire, et dites à l'apothicaire d'apporter le violent poison que je lui ai acheté.

LE ROI.--O toi, éternel moteur des cieux, jette un regard de miséricorde sur ce misérable! repousse le démon actif et vigilant qui assiége de toutes parts cette âme malheureuse, et délivre son sein de ce noir désespoir!

WARWICK.--Voyez, comme les angoisses de la mort lui font grincer les dents.

SALISBURY.--Ne le troublons point; laissons-le passer paisiblement.

LE ROI.--Que la paix soit à son âme, si c'est la volonté de Dieu! Milord cardinal, si tu espères en la félicité du ciel, lève ta main, donne-nous quelque signe d'espérance.... Il meurt, et ne fait aucun signe!--O Dieu, pardonne-lui!

WARWICK.--Une mort si terrible atteste une vie monstrueuse.

LE ROI.--Abstenez-vous de juger, car nous sommes tous pécheurs. Fermez ses yeux, tirez les rideaux sur son corps, et allons tous méditer.

FIN DU TROISIÈME ACTE.

ACTE QUATRIÈME

SCÈNE I

Le bord de la mer près de Douvres.

On entend sur la mer des coups de feu, puis on voit descendre d'un bâtiment UN
CAPITAINE *de navire,* UN PILOTE, UN CONTRE-MAÎTRE, WALTER
WHITMORE, *et leurs gens, amenant* SUFFOLK, *et d'autres gentilshommes de sa
suite, prisonniers.*

LE CAPITAINE.--Enfin le jour indiscret, joyeux, ouvert à la pitié, est rentré
dans le sein profond de la mer. Maintenant les loups et leurs bruyants
hurlements éveillent les coursiers qui tirent le char funeste de la nuit
mélancolique, et de leurs ailes endormies, lentes et molles, enveloppent les
tombeaux des morts, tandis que de leur gueule humide s'exhalent, dans l'air
épaissi, les ténèbres contagieuses. Amenez donc les guerriers que nous
venons de prendre; tandis que notre pinasse va rester à l'ancre dans les dunes,
ils vont ici, sur la plage, traiter de leur rançon, où ils teindront de leur sang ce
sable décoloré. Pilote, je te cède de bon coeur ce captif, et toi, contre-maître,
fais ton profit de son compagnon. (Désignant Suffolk.) Withmore, celui-ci
est ton partage.

PREMIER GENTILHOMME.--A quoi suis-je taxé, maître? fais-le-moi
savoir.

LE PILOTE.--A mille couronnes; faute de quoi, à bas la tête.

LE CONTRE-MAÎTRE.--Et vous, vous m'en donnerez autant, ou la vôtre
sautera.

LE CAPITAINE.--Quoi! pensez-vous donc que deux mille couronnes ce
soit payer bien cher pour des gens qui portent le nom et la mine de
gentilshommes? Coupez-moi la gorge à ces coquins-là: vous mourrez; de si
faibles rançons ne compensent point la perte de nos compagnons tués dans
le combat.

PREMIER GENTILHOMME.--Je vous les donnerai, monsieur, épargnez
ma vie.

SECOND GENTILHOMME.--Et moi aussi; et je vais écrire sur-le-champ
pour les avoir.

WHITMORE, *à Suffolk.*--J'ai perdu un oeil à l'abordage de cette prise; et pour
ma vengeance tu mourras, toi; il en arriverait autant aux autres, si je faisais
ma volonté.

LE CAPITAINE.--Ne sois pas si fou; prends une rançon et laisse-le vivre.

SUFFOLK.--Vois ma croix de Saint-George; je suis gentilhomme; taxe moi au prix que tu voudras, tu seras payé.

WHITMORE.--Je suis gentilhomme aussi, mon nom est Walter Whitmore... Comment! qui te fait tressaillir? Quoi! la mort te fait peur?

SUFFOLK.--C'est ton nom qui me fait peur; il renferme pour moi le son de la mort. Un habile homme, d'après des calculs sur ma naissance, m'a dit que je périrais par l'eau; et c'est là ce que signifie ton nom <u>16</u>. Cependant que cela ne t'inspire pas des idées sanguinaires. Ton nom bien prononcé est Gauthier.

Note 16: (retour) *C'est là ce que signifie ton nom.* Il a fallu ajouter ces paroles, pour rendre la chose intelligible. Walter se prononce à peu près comme *Water* (eau), ce qui, dans l'anglais, fait comprendre sur-le-champ le sujet de la crainte de Suffolk, et ne peut se remplacer en français.

WHITMORE.--Que ce soit Gauthier ou Walter, peu m'importe: jamais l'ignoble déshonneur n'a terni notre nom, que ce fer n'en ait aussitôt effacé la tache. Aussi, quand je me résoudrai à vendre la vengeance comme une marchandise, que mon épée soit brisée, mes armes déchirées et effacées, et que je sois proclamé lâche dans tout l'univers.

(Il saisit Suffolk.)

SUFFOLK.--Arrête, Whitmore, ton prisonnier est un prince, le duc de Suffolk, William de la Pole.

WHITMORE.--Le duc de Suffolk, caché sous des haillons!

SUFFOLK.--Oui: mais ces vêtements ne font pas partie du duc. Jupiter s'est quelquefois travesti: pourquoi n'en ferais-je pas autant?

LE CAPITAINE.--Mais Jupiter n'a jamais été tué, et toi, tu vas l'être.

SUFFOLK.--Ignoble et vil paysan, le sang du roi Henri, le noble sang de Lancastre ne doit point être versé par un vil valet comme toi. Ne t'ai-je pas vu, baisant ta main, me tenir l'étrier, tête nue, et soutenant la housse de ma mule, heureux d'obtenir de moi un signe de tête? Combien de fois as-tu attendu pour recevoir mon verre, t'es-tu nourri des restes de mon buffet, t'es-tu agenouillé près de la table, lorsque je m'y asseyais avec la reine Marguerite? Souviens-t'en, et que cela te fasse un peu baisser le ton, et que cela adoucisse ton orgueil prématuré. Combien de fois ne t'es-tu pas tenu dans mes vestibules, pour attendre respectueusement ma sortie? Cette main a écrit en ta faveur: elle pourra donc charmer ta langue téméraire.

WHITMORE.--Parlez, capitaine: poignarderai-je ce rustre abandonné?

LE CAPITAINE.--Laisse-moi auparavant poignarder son coeur de mes paroles, comme il a fait le mien.

SUFFOLK.--Bas esclave, tes paroles sont sans vigueur comme toi.

LE CAPITAINE.--Emmenez-le d'ici, et tranchez-lui la tête sur notre chaloupe.

SUFFOLK.--Sur ta vie, tu ne l'oseras pas.

LE CAPITAINE.--Si fait, Poole [17].

Note 17: (retour) Le capitaine travestit ici le nom de Pole en *poole* ou *pool*, qui signifie *eau stagnante*.

SUFFOLK.--Poole?

LE CAPITAINE.--Pole, sir Pole, lord Poole, ruisseau boueux, mare, marais, dont le limon et la fange troublent les sources pures où s'abreuve l'Angleterre; je vais combler ta bouche toujours ouverte pour dévorer les trésors de l'État. Tes lèvres, qui ont baisé celles de la reine, balayeront la poussière. Toi, qu'on vit sourire à la mort du bon duc Humphroy, tu montreras en vain tes dents aux vents insensibles, qui te répondront avec mépris par leurs sifflements. Sois marié aux furies de l'enfer, pour avoir eu l'audace de fiancer un puissant prince à la fille d'un misérable roi, sans sujets, trésors, ni diadème. Tu t'es agrandi par une politique infernale, et, comme l'ambitieux Sylla, tu t'es gorgé du sang tiré à plaisir du coeur de ta mère. Par toi l'Anjou et le Maine ont été vendus aux Français. Par ta faute, les perfides Normands révoltés dédaignent de nous rendre hommage; la Picardie a massacré ses gouverneurs, surpris nos forteresses, et renvoyé, en Angleterre, les débris de nos soldats sanglants. C'est en haine de toi que le généreux Warwick et tous les Nevil, dont l'épée redoutable ne fut jamais tirée en vain, courent aux armes; et que la maison d'York, précipitée du trône par le honteux assassinat d'un roi innocent et les envahissements d'un tyran orgueilleux, brûle des feux de la vengeance. Déjà ses drapeaux pleins d'espoir marchent en avant sous l'emblème d'un soleil à demi voilé, et aspirent à briller avec cette devise: *Invitis nubibus*. Le peuple de Kent a pris les armes; et, pour conclure enfin, la honte et la misère sont entrées dans le palais de notre roi, et tous ces maux sont ton ouvrage. Allons, emmenez-le.

SUFFOLK.--Oh! que ne suis-je un dieu pour lancer la foudre sur cette misérable, cette abjecte et vile canaille! Il faut bien peu de chose pour enivrer des hommes de rien. Ce malheureux, parce qu'il commande une pinasse, menace plus haut que Bargulus, le puissant pirate de l'Illyrie. Des frelons ne sucent point le sang des aigles; c'est assez pour eux de piller la ruche de l'abeille. Il est impossible que je meure par la main d'un vassal aussi abject que toi. Tes discours émeuvent en moi la rage et non pas la crainte. La reine m'a chargé d'un message pour la France. Je te commande de me transporter sur ton bord de l'autre côté du canal.

LE CAPITAINE.--Walter...

WHITMORE.--Viens, Suffolk, je vais te transporter à la mort.

SUFFOLK.--*Gelidus timor occupat artus*: c'est toi que je crains.

WHITMORE.--Je t'en donnerai sujet avant de nous séparer. Quoi! êtes-vous dompté à présent? ne consentez-vous pas à vous humilier?

PREMIER GENTILHOMME.--Mon gracieux seigneur, intercédez pour votre vie: donnez-lui de bonnes paroles.

SUFFOLK.--La voix souveraine de Suffolk est sévère et inflexible. Accoutumée à commander, elle ne sait point demander grâce. Loin de moi la faiblesse d'honorer ces brigands d'une humble prière! Non; que ma tête s'abaisse sur le billot fatal, plutôt qu'on voie mes genoux fléchir devant personne, que devant le Dieu du ciel, ou devant mon roi; qu'on la voie plutôt danser en cadence sur un pieu sanglant, que se découvrir devant cette ignoble valetaille. La vraie noblesse est exempte de peur. *(A Whitmore.)* J'en puis souffrir plus que vous n'en osez exécuter.

LE CAPITAINE.--Arrachez-le d'ici, et qu'il n'en dise pas davantage.

SUFFOLK.--Allons, soldats, montrez-vous aussi cruels que vous pourrez, afin que ma mort ne soit jamais oubliée! plus d'un grand homme fat immolé par de vils brigands. Un estafier romain et un misérable bandit massacrèrent l'éloquent Cicéron: la main bâtarde de Brutus poignarda Jules César; de sauvages insulaires égorgèrent le grand Pompée, et Suffolk meurt par la main des pirates.

(Sortent Suffolk, Whitmore, et plusieurs autres.)

LE CAPITAINE.--A l'égard de ceux dont nous avons fixé la rançon, ma volonté est que l'un d'eux soit relâché sur sa parole: ainsi donc venez avec nous et laissez-le partir.

(Tous sortent excepté le premier gentilhomme.)

(Rentre Whitmore, portant le corps de Suffolk.)

WHITMORE.--Que cette tête et ce corps sans vie restent gisants ici *(il les jette sur la terre)*, jusqu'à ce que la reine, sa maîtresse, lui donne la sépulture.

(Il sort.)

PREMIER GENTILHOMME.--O barbare et sanglant spectacle! je veux porter son corps au roi; et s'il laisse sa mort impunie, ses amis la vengeront. La reine la vengera, elle à qui Suffolk vivant était si cher.

(Il sort en emportant le corps.)

SCÈNE II

Une autre partie du comté de Kent.

BEVIS, *laboureur*; JOHN HOLLAND.

BEVIS.--Viens, et procure-toi une épée, ne fût-elle que de latte. Ils sont sur pied depuis deux jours.

HOLLAND.--Ils n'en ont que plus besoin de dormir aujourd'hui.

BEVIS.--Je te dis que Jacques Cade, le drapier, se propose de rhabiller l'État, de le retourner et de le mettre à neuf.

HOLLAND.--Il en a bien besoin, car on voit la corde. Oui, je le répète, il n'y a pas eu un moment de bon temps en Angleterre, depuis que les nobles ont pris le dessus.

BEVIS.--O malheureux âge! on ne fait aucun cas de la vertu dans les gens de métier.

HOLLAND.--La noblesse croit que c'est une honte que de porter un tablier de cuir.

BEVIS.--Bien plus, il n'y a dans le conseil du roi que de mauvais ouvriers.

HOLLAND.--C'est la vérité; et cependant il est dit: *Travaille dans ta vocation.* C'est comme qui dirait: Que les magistrats soient des travailleurs, et dès lors nous devrions être magistrats.

BEVIS.--Tu as touché juste, car il n'y a point de signe plus certain d'un bon courage qu'une main durcie.

HOLLAND.--Oh! je les vois, je les vois; je reconnais le fils de Best, tanneur de Wingham.

BEVIS.--Il prendra la peau de nos ennemis pour faire du cuir de chien.

HOLLAND.--Et voilà aussi Dick, le boucher.

BEVIS.--Allons, le péché sera assommé comme un boeuf, et l'iniquité égorgée comme un veau.

HOLLAND.--Et Smith, le tisserand.

BEVIS.--*Argo*, le fil de leur vie tire à sa fin.

HOLLAND.--Allons, viens: mêlons-nous avec eux.

(Tambour. Entrent Cade, Dick le boucher, Smith le tisserand, et d'autres en grand nombre.)

CADE.--Nous, Jean Cade, ainsi appelé du nom de notre père putatif.

DICK.--Ou plutôt pour avoir volé une caque [18] de harengs.

CADE.--Et parce que nos ennemis tomberont devant nous [19], qui sommes inspirés de l'esprit de renversement contre les rois et les princes....--Commande le silence.

Note 18: (retour) En vieil anglais *cade* signifie *caque*.

Note 19: (retour) De *cado*.

DICK.--Silence!

CADE.--Mon père était un Mortimer.

DICK, *à part.*--C'était un fort honnête homme, un fort bon maçon.

CADE.--Ma mère, une Plantagenet.

DICK, *à part.*--Je l'ai bien connue: elle était sage-femme.

CADE.--Ma femme descendait des Lacy.

DICK, *à part.*--En effet, elle était fille d'un porte-balle, et elle a vendu force lacets.

SMITH, *à part.*--Mais depuis quelque temps, n'étant plus en état de voyager chargée de sa malle, elle est blanchisseuse ici dans le canton.

CADE.--Je suis donc sorti d'une honorable maison.

DICK, *à part.*--Oui, sur ma foi. Les champs sont un honorable domicile, et c'est là qu'il est né, sous une haie; car jamais son père n'a eu d'autre maison que la prison.

CADE.--Je suis vaillant.

SMITH, *à part.*--Il le faut bien: la misère est brave.

CADE.--Je sais souffrir la peine.

DICK, *à part.*--Oh! cela n'est pas douteux; car je l'ai vu fouetter pendant trois jours de marché consécutifs.

CADE.--Je ne crains ni le fer ni le feu.

SMITH.--Il ne doit pas craindre le fer, car son habit est à l'épreuve de tout.

DICK, *à part.*--Mais il me semble qu'il devrait craindre un peu le feu, après avoir eu la main brûlée pour un vol de moutons.

CADE.--Soyez donc braves, car votre chef est brave et fait voeu de réformer l'État. Les sept pains d'un demi-penny seront vendus, en Angleterre, pour un penny; la mesure de trois pots en contiendra dix, et sous mes lois ce sera félonie que de boire de la petite bière. Tout le royaume sera en communes, et mon palefroi ira paître l'herbe de Cheapside. Et lorsque je serai roi.... (car je serai roi!)

TOUT LE PEUPLE.--Dieu conserve Votre Majesté!

CADE.--Je vous remercie, bon peuple. Il n'y aura plus d'argent; tous boiront et mangeront à mes frais, et je les habillerai tous d'un même uniforme, afin qu'ils puissent être unis comme des frères et me révérer comme leur souverain.

DICK.--La première chose à faire, c'est d'aller tuer tous les gens de loi.

CADE.--Oui, c'est bien mon dessein. N'est-ce pas une chose déplorable que la peau d'un innocent agneau serve à faire du parchemin, et que le parchemin, lorsqu'il aura été griffonné, puisse perdre un homme? On dit que l'abeille fait mal avec son aiguillon, et moi je dis que c'est la cire de l'abeille. Je n'ai usé du sceau qu'une fois, et je n'ai jamais été mon maître depuis.--Qu'y a-t-il? Qui vient à nous?

(Entrent quelques hommes, conduisant le clerc de Chatham.)

SMITH.--C'est le clerc de Chatham: il sait écrire et lire, et dresser un compte.

CADE.--Chose horrible!

SMITH.--Nous l'avons pris faisant des exemples pour les enfants.

CADE.--C'est un infâme.

SMITH.--Il a dans sa poche un livre écrit en lettres rouges.

CADE.--C'est de plus un sorcier.

DICK.--Il sait encore faire des contrats, et écrire par abréviation.

CADE.--J'en suis fâché pour lui. C'est un homme de bonne façon, sur mon honneur; et si je ne le trouve pas coupable, il ne mourra pas.--Approche ici, je veux t'examiner. Quel est ton nom?

LE CLERC.--Emmanuel.

DICK.--C'est le nom que les nobles ont coutume d'écrire en tête de leurs lettres.--Vos affaires vont mal.

CADE.--Laisse-moi lui parler.--As-tu coutume d'écrire ton nom? Ou as-tu une marque pour désigner ta signature, comme il convient à un honnête homme qui y va tout bonnement?

LE CLERC.--Monsieur, j'ai été, Dieu merci, assez bien élevé pour savoir écrire mon nom.

LE PEUPLE.--Il a avoué. Emmenez-le: c'est un scélérat, un traître.

CADE.--Emmenez-le, dis-je, et qu'on le pende avec sa plume et son cornet au cou.

(Quelques-uns des assistants sortent emmenant le clerc.)

(Entre Michel.)

MICHEL.--Où est notre général?

CADE.--Me voici. Que me veux-tu si particulièrement?

MICHEL.--Fuyez, fuyez, fuyez! Milord Stafford et son frère sont ici près avec les troupes du roi.

CADE.--Arrête, misérable, arrête, ou je te jette à bas.--Il aura affaire à aussi bon que lui. Ce n'est qu'un chevalier, n'est-ce pas?

MICHEL.--Non.

CADE.--Pour être son égal, je vais me faire chevalier à l'instant. Relève-toi, sir Jean Mortimer. A présent, marchons à lui.

(Entrent sir Humphroy Stafford et William son frère, avec des tambours et des soldats.)

STAFFORD.--Populace rebelle, l'écume et la fange du comté de Kent, marqués pour la potence, jetez vos armes, regagnez vos chaumières, et abandonnez ce drôle. Le roi sera miséricordieux, si vous abjurez la révolte.

WILLIAM STAFFORD.--Mais il sera furieux, inexorable et sanguinaire, si vous y persévérez: ainsi, l'obéissance ou la mort.

CADE.--Pour ces esclaves vêtus de soie, je n'y fais pas attention. C'est à vous que je m'adresse, bon peuple, sur qui j'espère régner un jour; car je suis l'héritier légitime de la couronne.

STAFFORD.--Misérable! ton père était un maçon; et toi-même, qu'est-ce que tu es, un tondeur de draps, n'est-ce pas?

CADE.--Et Adam était un jardinier.

WILLIAM STAFFORD.--Eh bien, quelle conséquence?

CADE.--Vraiment, la voici. Edmond Mortimer, comte des Marches, épousa la fille du duc de Clarence. Cela n'est-il pas vrai?

STAFFORD.--Eh bien, après?

CADE.--Elle accoucha, à la fois, de deux enfants mâles.

WILLIAM STAFFORD.--Cela est faux.

CADE.--Oui, c'est là la question; mais je dis, moi, que cela est vrai. Le premier né des deux ayant été mis en nourrice, fut enlevé par une mendiante; et ignorant sa naissance et son parentage, se fit maçon quand il fut en âge. Je suis son fils. Niez-le, si vous pouvez.

DICK.--Oui, c'est encore vrai; en conséquence, il sera roi.

SMITH.--Oui, monsieur, il a fait une cheminée chez mon père, et les briques en sont encore sur pied pour rendre témoignage; ainsi, n'allez pas dire le contraire.

STAFFORD.--Ajouterez-vous donc foi aux paroles de ce vil coquin qui parle de ce qu'il ne sait pas?

LE PEUPLE.--Oui, nous le croyons; allez-vous-en donc.

WILLIAM STAFFORD.--Jack Cade, c'est le duc d'York qui vous fait la leçon.

CADE, *à part.*--Il ment, car c'est moi qui l'ai inventée. *(Haut.)* Va, mon cher, dis au roi de ma part, que pour l'amour de son père, Henri V, au temps de qui les enfants jouaient au petit palet avec des écus de France, je consens à le laisser régner, à condition que je serai son protecteur.

UN CHEF DU PEUPLE.--Et de plus, que nous voulons avoir la tête du lord Say, qui a vendu le duché du Maine.

CADE.--Et cela est juste; car par là l'Angleterre a été estropiée, et marcherait bientôt avec un bâton, si ma puissance ne la soutenait. Camarades rois, je vous dis que le lord Say a mutilé l'État, et l'a fait eunuque; et pis que tout cela, il sait parler français, et par conséquent c'est un traître.

STAFFORD.--O grossière et déplorable ignorance!

CADE.--Eh bien, répondez si vous pouvez. Les Français sont nos ennemis; cela posé, je dis seulement: celui qui parle avec la langue d'un ennemi, peut-il être un bon conseiller ou non?

TOUT LE PEUPLE.--Non, non, et nous voulons avoir sa tête.

WILLIAM STAFFORD.--Allons, puisque les paroles de douceur n'y peuvent rien, fondons sur eux avec l'armée du roi.

STAFFORD.--Allez, héraut, et proclamez traîtres, dans toutes les villes, tous ceux qui s'armeront en faveur de Cade: annoncez que ceux qui fuiront de nos rangs avant la fin de la bataille seront, pour l'exemple, pendus à leur porte, sous les yeux de leurs femmes et de leurs enfants. Que ceux qui tiennent pour le roi me suivent.

(Les deux Stafford sortent avec leurs troupes.)

CADE.--Et que ceux qui aiment le peuple me suivent: voici le moment de montrer que vous êtes des hommes; c'est pour la liberté. Nous ne laisserons pas sur pied un seul lord, un seul noble. N'épargnons que ceux qui seront mal vêtus; car ce sont de pauvres et honnêtes gens, qui prendraient bien notre parti s'ils l'osaient.

DICK.--Les voilà qui viennent en bon ordre, et qui s'avancent contre nous.

CADE.--Et notre ordre, à nous, c'est d'être bien en désordre. En avant, marche!

SCÈNE III

Une autre partie de la plaine de Blackheath.

Alarmes. Les deux partis entrent et combattent: les DEUX STAFFORD *sont tués.*

CADE.--Où est Dick, le boucher d'Ashford?

DICK.--Me voilà, monsieur.

CADE.--Ils tombaient devant toi comme des boeufs et des brebis, et tu y allais comme si tu avais été dans ta boucherie. Voici donc ta récompense: le carême sera deux fois aussi long qu'il l'est à présent; et d'ici à cent ans moins un, tu auras tout ce temps-là le privilége exclusif de tuer.

DICK.--Je n'en demande pas davantage.

CADE.--Et pour dire vrai, tu ne mérites pas moins, je veux porter ce monument de ma victoire [20], et les corps seront traînés aux jarrets de mon cheval jusqu'à ce que j'arrive à Londres, où nous ferons porter devant nous l'épée du maire.

Note 20: (retour) Cade, après cette bataille, se revêtit en effet de l'armure de Stafford.

UN CHEF DU PEUPLE.--Si nous voulons prospérer et faire le bien, forçons les portes des prisons, et délivrons les prisonniers.

CADE.--Ah! n'aie pas peur, tu peux y compter. Allons, marchons sur Londres.

(Ils sortent.)

SCÈNE IV

Londres.--Un appartement dans le palais.

Entre LE ROI HENRI *lisant une requête. Il est suivi du duc de* BUCKINGHAM *et du lord* SAY. *Vient à quelque distance* LA REINE MARGUERITE, *pleurant sur la tête de Suffolk.*

MARGUERITE.--J'ai souvent ouï dire que la douleur amollit l'âme, et la remplit de crainte, d'abattement. Pense donc à la vengeance et cesse de pleurer.--Mais qui peut cesser de pleurer en voyant cet objet? Sa tête peut bien reposer ici sur mon sein palpitant; mais où est le corps que je serrerais dans mes bras?

BUCKINGHAM.--Quelle réponse fait Votre Majesté à la requête des rebelles?

LE ROI.--Je vais députer quelque saint évêque pour tâcher de les ramener; car à Dieu ne plaise que tant de pauvres simples créatures périssent par l'épée! Et plutôt que de souffrir qu'elles soient exterminées par une guerre sanglante, je veux avoir moi-même une entrevue avec leur général Cade. Mais attendez, je veux lire encore une fois leur requête.

MARGUERITE.--Scélérats barbares! Ce visage enchanteur qui, comme une planète, dominait ma destinée, n'a-t-il donc pu vous obliger à la pitié, vous qui n'étiez pas dignes de le regarder?

LE ROI.--Lord Say, Jack Cade a juré d'avoir ta tête.

SAY.--Oui, mais j'espère que Votre Majesté aura la sienne.

LE ROI.--Eh quoi, madame, toujours vous lamentant, toujours pleurant la mort de Suffolk! Ah! je crains, ma bien-aimée, que, si j'étais mort à sa place, vous ne m'eussiez pas tant pleuré.

MARGUERITE.--Non, mon bien-aimé, je ne pleurerais pas, mais je mourrais pour toi.

(Entre un messager.)

LE ROI.--Quoi? Quelles nouvelles apportes-tu? Pourquoi arrives-tu en si grande hâte?

LE MESSAGER.--Les rebelles sont dans Southwark. Fuyez, seigneur; Cade se proclame lord Mortimer, descendant de la maison du duc de Clarence. Il traite hautement Votre Majesté d'usurpateur, et il jure de se couronner lui-même dans Westminster. Il a pour armée une multitude déguenillée de paysans, d'ouvriers, gens grossiers et sans pitié. La mort de sir Humphroy Stafford et de son frère leur a donné cœur et courage pour marcher en avant. Tout homme sachant lire et écrire, homme de loi, courtisan, gentilhomme, est, selon eux, une vilaine chenille, et qu'il faut mettre à mort.

LE ROI.--O les malheureux! Ils ne savent ce qu'ils font.

BUCKINGHAM.--Mon gracieux seigneur, retirez-vous à Kenel-Worth, jusqu'à ce qu'on ait levé des troupes pour faire main-basse sur eux.

MARGUERITE.--Oh! si le duc de Suffolk vivait encore, les rebelles de Kent seraient bientôt soumis.

LE ROI.--Lord Say, ces traîtres te haïssent: viens donc avec nous à Kenel-Worth.

SAY.--Cela pourrait exposer la personne de Votre Grâce. Ma vue leur serait odieuse: je demeurerai donc dans la ville, et je m'y tiendrai aussi caché que je le pourrai.

(Entre un autre messager.)

LE MESSAGER.--Jack Cade s'est rendu maître du pont de Londres. Les bourgeois fuient et abandonnent leurs maisons. La mauvaise populace, toujours avide de pillage, court se joindre au traître, et tous jurent de concert de dévaster la ville et votre palais.

BUCKINGHAM.--Ne perdez pas un moment, seigneur, montez à cheval.

LE ROI.--Venez, Marguerite; Dieu, notre espérance, viendra à notre secours.

MARGUERITE.--Mon espérance est morte avec Suffolk.

LE ROI, *à Say*.--Adieu, milord, ne vous fiez pas aux rebelles de Kent.

BUCKINGHAM.--Ne vous fiez à personne, de peur d'être trahi.

SAY.--Ma confiance est dans mon innocence: aussi suis-je fier et résolu.

(Ils sortent.)

SCÈNE V

Toujours à Londres.--La Tour.

Le lord SCALES *et d'autres paraissent sur les murs. Au pied arrivent quelques* CITOYENS.

SCALES.--Quelles nouvelles? Jack Cade est-il tué?

PREMIER CITOYEN.--Non, milord, et il n'y a point d'apparence que cela lui arrive. Ils se sont emparés du pont, et ils tuent tout ce qui leur résiste. Le lord maire vous demande quelque renfort des troupes de la Tour, pour défendre la ville contre les rebelles.

SCALES.--Tout ce que je pourrai en détacher sans inconvénient sera à vos ordres. Mais je suis moi-même ici dans les alarmes. Les rebelles ont déjà tenté d'emporter la Tour. Mais gagnez la plaine de Smithfield, formez un corps de troupes, et je vais y envoyer Matthieu Gough. Allez, combattez pour votre roi, pour votre pays et pour votre vie. Adieu, il faut que je m'en retourne.

(Ils sortent.)

SCÈNE VI

Londres.--Cannon street.

Entrent JACK CADE *et sa troupe; il frappe de son bâton de commandement la pierre de Londres.*

CADE.--A présent, Mortimer est seigneur de Londres; et, ici placé sur la pierre de Londres, j'entends et j'ordonne, qu'aux frais de la ville, la fontaine ne verse que du vin de Bordeaux pendant la première année de mon règne. Dorénavant il y aura crime de trahison pour quiconque m'appellera autrement que *Mortimer.*

(Entre un soldat.)

LE SOLDAT, *courant.*--Jack Cade! Jack Cade!

CADE.--Tuez-le sur la place.

(Ils le tuent.)

SMITH.--Pour peu que cet homme ait raison, il ne lui arrivera jamais de vous appeler Jack Cade. Je crois qu'il est content de la leçon.

DICK.--Milord, il se rassemble une armée à Smithfield.

CADE.--Marchons donc; allons les combattre. Mais auparavant allez mettre le feu au pont de Londres; et, si vous pouvez, brûlez la Tour aussi.--Allons, marchons.

(Ils sortent.)

SCÈNE VII

Smithfield.

Une alarme. Entrent d'un côté CADE *et sa troupe; de l'autre, les citoyens et les troupes du roi, commandés par* MATTHIEU GOUGH. *Ils combattent, les citoyens sont mis en déroute, Mathieu Gough est tué.*

CADE.--Voilà ce que c'est, mes amis.--Allez quelques-uns de vous abattre leur palais de Savoie, d'autres les colléges de droit: abattez tout.

DICK.--J'ai une requête à présenter à Votre Seigneurie.

CADE.--Fût-ce le titre de lord, tu es sûr de l'obtenir pour ce mot.

DICK.--La grâce que je vous demande, c'est que toutes les lois de l'Angleterre émanent de votre bouche.

JEAN, *à part.*--Par la messe! ce seront de sanglantes lois; car il a reçu dans la mâchoire un coup de lance, et la plaie n'est pas encore guérie.

SMITH, *à part.*--Et de plus, Jean, ce seront des lois qui ne sentiront pas bon; car son haleine sent furieusement le fromage grillé.

CADE.--J'y ai pensé, cela sera ainsi. Allez, brûlez tous les registres du royaume; ma bouche sera le parlement d'Angleterre.

JEAN.--Cela a tout l'air de vouloir nous donner des statuts qui mordront ferme, à moins qu'on ne lui arrache les dents.

CADE.--Et désormais tout sera en commun.

(Entre un messager.)

LE MESSAGER.--Milord, une capture! une capture! le lord Say! qui vendait les villes en France, et qui nous a fait payer vingt-un quinzièmes et un schelling par livre dans le dernier subside.

(Entre George Bevis avec le lord Say.)

CADE.--Eh bien, pour cela il sera décapité dix fois. Te voilà donc, lord Say [21], lord de serge, lord de bougran. Te voilà dans le domaine de notre juridiction souveraine! Qu'as-tu à répondre à ma majesté, pour te disculper d'avoir livré la Normandie à monsieur Basimecu [22], le dauphin de France? Qu'il te soit donc déclaré par-devant cette assemblée, et par-devant lord Mortimer, que je suis le balai destiné à nettoyer la cour d'immondices telles que toi. Tu as traîtreusement corrompu la jeunesse du royaume, en érigeant une école de grammaire; et tandis que, jusqu'à présent, nos ancêtres n'avaient eu d'autres livres que la mesure et la taille, c'est toi qui es cause qu'on s'est servi de l'imprimerie. Contre les intérêts du roi, de sa couronne et de sa dignité, tu as bâti un moulin à papier. Il te sera prouvé en fait que tu as autour de toi des hommes qui parlent habituellement de noms, de verbes, et autres mots abominables, que ne peut supporter une oreille chrétienne. Tu as établi des juges de paix, pour citer devant eux les pauvres gens, pour des choses sur lesquelles ils ne sont pas en état de répondre: de plus, tu les as fait mettre en prison, et parce qu'ils ne savaient pas lire, tu les as fait pendre; tandis que seulement, pour cela, ils auraient mérité de vivre. Tu montes un cheval couvert d'une housse; cela est-il vrai ou non?

Note 21: (retour) *Say*, en vieux langage, signifiait *Sire*.

Note 22: (retour) *Basimecu*, par corruption, pour *Basemycu*; grossier sobriquet, qu'apparemment la populace de Londres donnait au dauphin.

SAY.--Qu'importe?

CADE.--Ce qu'il importe? Tu ne dois pas souffrir que ton cheval porte un manteau, tandis que de plus honnêtes gens que toi vont en chausses et en pourpoint.

DICK.--Et souvent travaillent en chemise, comme moi, par exemple, qui suis boucher!

SAY.--Peuple de Kent....

DICK.--Que voulez-vous dire de Kent?

SAY.--Rien de plus que ceci: *Bona gens, mala gens.*

CADE.--Emmenez-le, emmenez-le, il parle latin.

SAY.--Écoutez seulement ce que j'ai à dire, puis, prenez-le comme vous voudrez.--Kent, dans les *Commentaires* écrits par César, est nommé le canton le plus policé de notre île. Le pays est agréable, parce qu'il est rempli de richesses; le peuple libéral, vaillant, actif, opulent; ce qui me fait espérer que vous n'êtes pas dénués de pitié.--Je n'ai point vendu le Maine, je n'ai point perdu la Normandie; mais pour les recouvrer, je perdrais volontiers la vie. J'ai toujours rendu la justice avec indulgence; les prières et les larmes ont touché mon coeur, et jamais les présents. Quand ai-je exigé une seule imposition de vous, si ce n'est pour l'utilité du Kent, du roi, du royaume et de vous? j'ai répandu de grandes largesses sur les savants clercs, parce que c'était à mes livres que j'avais dû mon avancement auprès du roi. Et voyant que l'ignorance est la malédiction de Dieu, et la science l'aile avec laquelle nous nous élevons au ciel, à moins que vous ne soyez possédés de l'esprit du démon, vous vous garderez certainement de me tuer. Cette langue a négocié avec les rois étrangers, pour votre avantage.

CADE.--Bah! Quand as-tu frappé un seul coup sur le champ de bataille?

SAY.--Les hommes en place ont le bras long. J'ai frappé souvent ceux que je ne vis jamais, et je les ai frappés à mort.

GEORGE.--Oh! l'infâme lâche! venir comme cela par derrière le monde!

SAY.--Ces joues sont pâlies par mes veilles pour votre bien.

CADE.--Frappez-le au visage, et cela lui fera revenir les couleurs.

SAY.--Les longues séances que j'ai données pour juger les causes des pauvres m'ont accablé d'infirmités et de maladies.

CADE.--On vous fournira, pour les guérir, une chandelle de chanvre et l'assistance d'une hache.

DICK.--Comment! est-ce que tu trembles?

SAY.--C'est la paralysie, et non la peur, qui me fait trembler.

CADE.--Voyez, il remue la tête, comme s'il nous disait: Je vous le revaudrai. Je veux voir si elle sera plus ferme sur un pieu. Emmenez-le, et coupez-lui la tête.

SAY.--Dites-moi donc quel grand crime j'ai commis. Ai-je affecté l'opulence ou la grandeur? Répondez. Mes coffres sont-ils remplis d'un or extorqué? Mes vêtements sont-ils somptueux à voir? A qui de vous ai-je fait tort pour que vous vouliez me faire mourir? Ces mains sont pures du sang innocent: ce sein est exempt de toutes pensées de crimes et de perfidie. Oh! laissez-moi vivre.

CADE.--Je sens que ses paroles me touchent le coeur, mais j'y mettrai ordre; il mourra, ne fût-ce que pour avoir si bien plaidé pour sa vie. Emmenez-le. Il a un démon familier sous sa langue; il ne parle pas au nom de Dieu. Emmenez-le, vous dis-je, et abattez-lui la tête sur l'heure. Ensuite allez enfoncer les portes de la maison de son gendre, sir James Cromer; tranchez-lui la tête aussi, et rapportez-les ici toutes deux, fichées sur des pieux.

LE PEUPLE.--Cela va être fait.

SAY.--O compatriotes! si, quand vous faites vos prières, Dieu était aussi endurci que vous l'êtes, comment s'en trouveraient vos âmes après la mort? Laissez-vous fléchir, et épargnez ma vie.

CADE.--Emmenez-le, et faites ce que je vous ordonne. (*Quelques-uns sortent emmenant lord Say.*) Le plus magnifique pair du royaume ne pourra porter sa tête sur ses épaules sans me payer tribut. Pas une fille ne sera mariée qu'elle ne paye un tribut pour sa virginité avant qu'on en jouisse. Les hommes relèveront de moi *in capite*, et nous voulons et prétendons que leurs femmes soient aussi libres que le coeur peut le désirer, ou la langue l'exprimer.

DICK.--Milord, quand irons-nous à Cheapside prendre des marchandises sur nos bons?

CADE.--Eh vraiment, sur-le-champ.

LE PEUPLE.--Bravo.

(On apporte la tête du lord Say, et celle de son gendre.)

CADE.--Ceci ne vaut-il pas encore plus de bravos? Faites-les se baiser l'un l'autre, car ils s'aimaient beaucoup quand ils étaient en vie. A présent séparez-les, de peur qu'ils ne consultent ensemble sur le moyen de livrer quelques villes de plus aux Français. Soldats, différons jusqu'à la nuit qui approche le pillage de la ville, et promenons-nous dans les rues avec ces têtes portées devant nous en guise de masses d'armes, et à chaque coin de rue faites-les se baiser. Allons.

(Ils se retirent.)

SCÈNE VIII

Southwark.

Une alarme. Entre CADE, *suivi de toute la populace.*

CADE.--Montez par Fish-Street, descendez par l'angle de Saint-Magnus; tuez, assommez: jetez-les dans la Tamise. (*Une trompette sonne un pourparler et une retraite.*) Quel bruit est-ce là? Qui donc est assez hardi pour sonner la retraite ou un pourparler quand je commande qu'on tue?

(Entrent Buckingham et le vieux Clifford, avec des troupes.)

BUCKINGHAM.--C'est nous vraiment qui avons cette hardiesse, et qui venons te déranger. Sache, Cade, que nous venons comme ambassadeurs de la part du roi vers le peuple que tu as égaré, pour annoncer un pardon absolu à tous ceux qui t'abandonneront et retourneront tranquillement chez eux.

CLIFFORD.--Que dites-vous, compatriotes? Voulez-vous vous rendre au pardon qui vous est encore offert, ou attendez-vous que votre révolte vous conduise à la mort? Qui aime le roi et accepte son pardon, qu'il jette son chaperon en l'air et crie: *Dieu garde le roi!* Que celui qui le hait et n'honore pas son père Henri V, qui fit trembler la France, secoue son arme contre nous et continue son chemin.

LE PEUPLE.--Dieu garde le roi! Dieu garde le roi!

CADE.--Quoi! Buckingham et Clifford, êtes-vous si braves? et vous, stupides paysans, croyez-vous à leurs paroles? Avez-vous donc envie d'être pendus avec vos lettres de grâce attachées au cou? Mon épée s'est-elle donc fait jour à travers les portes de Londres pour que vous m'abandonniez au

White-Hart dans Southwark? Je pensais que jamais vous ne poseriez les armes avant d'avoir recouvré vos anciennes libertés; mais vous êtes tous des misérables, des lâches, qui vous plaisez à vivre esclaves de la noblesse. Laissez-les vous briser les reins à force de fardeaux, vous chasser de dessous vos toits, ravir devant vos yeux vos femmes et vos filles. Il y en a toujours un que je saurai bien tirer d'affaire. Que la malédiction de Dieu vous éclaire tous!

LE PEUPLE.--Nous voulons suivre Cade, nous voulons suivre Cade!

CLIFFORD.--Cade est-il le fils de Henri V pour crier ainsi que vous voulez le suivre? Vous conduira-t-il dans le coeur de la France pour y faire, des derniers d'entre vous, des comtes ou des ducs? Hélas! il n'a pas seulement une maison, un asile pour se réfugier; il ne sait comment se procurer de quoi vivre, si ce n'est par le pillage, en nous volant, nous qui sommes vos amis. Ne serait-ce pas une honte, si, tandis que vous êtes ici à vous chamailler, le timide Français, naguère vaincu par vous, faisait une subite incursion sur la mer, et venait vous vaincre? Il me semble déjà le voir, au milieu de nos discordes civiles, parcourir en maître les rues de Londres, en appelant villageois tous ceux qu'il rencontre. Ah! périssent plutôt dix mille canailles de Cades, que de vous voir demander grâce à un Français! En France! en France! et regagnez ce que vous avez perdu; épargnez l'Angleterre, c'est votre rivage natal. Henri a de l'argent; vous êtes forts et courageux; Dieu est avec nous: ne doutez pas de la victoire.

TOUT LE PEUPLE.--A Clifford! à Clifford! nous suivons le roi et Clifford.

CADE.--Vit-on jamais plume aussi facile à souffler çà et là que cette multitude? Le nom de Henri V les entraîne à cent mauvaises actions, et ils me laissent là seul et abandonné. Je les vois se consulter ensemble pour me saisir par surprise. Mon épée m'ouvrira un chemin, car il n'y a plus moyen de rester ici. En dépit des diables et de l'enfer, je passerai au milieu de vous. Le ciel et l'honneur me sont témoins que ce n'est pas défaut de courage en moi, mais seulement la basse, l'ignominieuse trahison de ceux qui me suivent, qui me force de tourner les talons et de fuir.

BUCKINGHAM.--Quoi! il s'est échappé? Que quelques-uns de vous aillent après lui. Celui qui apportera sa tête au roi recevra mille couronnes pour sa récompense. (*Quelques-uns sortent.*) Suivez-moi, soldats; nous allons chercher un moyen de vous réconcilier tous avec le roi.

(Ils sortent.)

SCÈNE IX

Château de Kenilworth.

LE ROI HENRI, LA REINE MARGUERITE ET SOMERSET *paraissent sur la terrasse du château.*

LE ROI.--Fut-il jamais un roi, possesseur d'un trône terrestre, qui fut aussi peu maître de se procurer quelque satisfaction? Je commençais à peine à ramper hors de mon berceau, qu'on fit de moi un roi, à l'âge de neuf mois. Hélas! jamais sujet ne souhaita de devenir roi, comme je souhaite et languis du désir d'être sujet.

(Entrent Buckingham et Clifford.)

BUCKINGHAM.--Salut et bonnes nouvelles à Votre Majesté!

LE ROI.--Comment! Buckingham, le rebelle Cade est-il surpris? ou ne s'est-il retiré que pour attendre de nouvelles forces?

CLIFFORD.--Il est en fuite, seigneur, et tout son monde se soumet. (*Entrent un grand nombre des partisans de Cade, la corde au cou.*) Ils viennent humblement, la corde au cou, recevoir de Votre Majesté leur sentence de vie ou de mort.

LE ROI.--Ouvre donc, ô ciel, tes portes éternelles, pour donner passage à mes remercîments et à mes actions de grâces. Soldats, vous avez, dans ce jour, racheté votre vie, et montré combien vous chérissiez votre roi et votre pays. Persévérez toujours dans de si bons sentiments, et Henri, fût-il malheureux, vous assure qu'il ne sera jamais dur pour vous. Recevez donc tous, tant que vous êtes, mes remercîments et mon pardon, et retournez dans vos différents pays.

TOUTE LA MULTITUDE.--Dieu conserve le roi! Dieu conserve le roi!

(Entre un messager.)

LE MESSAGER.--Votre Grâce, avec sa permission, doit être avertie que le duc d'York est récemment arrivé d'Irlande, avec un corps nombreux et puissant de Gallowglasses déterminés; il s'avance vers ces lieux en belle ordonnance, et proclame, sur la route, que le seul objet de son armement est d'éloigner de la cour le duc de Somerset, qu'il appelle un traître.

LE ROI.--Ainsi, entre Cade et York, mon pouvoir flotte dans la détresse, comme un vaisseau qui, sortant de la tempête, est surpris par un calme et abordé par un pirate. Cade vient seulement d'être réprimé, et ses forces dispersées, et voilà qu'York s'élève en armes et lui succède. Va, je te prie, à sa rencontre, Buckingham; demande-lui le motif de cette prise d'armes. Dis-lui que j'enverrai le duc Edmond à la Tour; et en effet, Somerset, nous t'y ferons renfermer jusqu'à ce qu'il ait congédié son armée.

SOMERSET.--Seigneur, je me rendrai de moi-même à la prison; j'irai, s'il le faut, à la mort, pour le bien de mon pays.

LE ROI, *à Buckingham.*--Quoi qu'il arrive, n'employez pas des termes trop durs; vous savez qu'il est violent, et ne supporte pas un langage trop sévère.

BUCKINGHAM.--Je prendrai soin, seigneur, et j'agirai, n'en doutez pas, de telle sorte, que toutes choses vous tourneront à bien.

(Il sort.)

LE ROI.--Venez, ma femme, rentrons; et apprenons à mieux gouverner; car jusqu'ici l'Angleterre peut maudire mon malheureux règne.

(Ils sortent.)

SCÈNE X

Kent.--Le jardin d'Iden.

Entre CADE.

CADE.--Peste soit de l'ambition! et peste soit de moi, qui porte une épée, et cependant suis près de mourir de faim! Cinq jours entiers je suis resté caché dans ces bois sans oser mettre le nez dehors, car tout le pays est après moi; mais à présent je suis si affamé, que, quand on me ferait un bail de mille ans de vie, je ne pourrais y tenir plus longtemps. J'ai donc escaladé ce mur de briques, et pénétré dans ce jardin pour tenter si je n'y pourrais pas trouver de l'herbe à manger, ou bien arracher une fois ou l'autre une salade, ce qui n'est pas mauvais pour rafraîchir l'estomac dans cette extrême chaleur; et je pense que les salades de toute espèce ont été créées pour mon bien: car plus d'une fois, sans ma salade [23], j'aurais bien pu avoir le crâne fendu d'un coup de hache d'armes; et plus d'une fois aussi, lorsque j'étais pressé de la soif, et marchant sans relâche, elle m'a servi de pot pour y boire, et aujourd'hui c'est encore une salade qui va me rassasier.

Note 23: (retour) *Sallet*, salade, dans la double signification de *casque* et de *salade à manger.*

(Entre Iden avec des domestiques.)

IDEN.--O Dieu! qui voudrait vivre dans le tumulte d'une cour lorsqu'il peut jouir de promenades aussi paisibles que celles-ci? Ce modique héritage que m'a laissé mon père, suffit à mes désirs, et vaut une monarchie. Je ne cherche point à m'agrandir par la ruine des autres, non plus qu'à accumuler des richesses, quitte à attirer sur moi je ne sais combien d'envie; il me suffit d'avoir de quoi soutenir mon état, et renvoyer toujours de ma porte le pauvre satisfait.

CADE.--J'aperçois le maître du terrain qui vient me saisir comme un vagabond, pour être entré dans son domaine sans sa permission. Ah! misérable, tu me livrerais et recevrais du roi mille couronnes pour lui avoir porté ma tête; mais avant que nous nous séparions je veux te faire manger du fer comme une autruche, et avaler une épée comme une grande épingle.

IDEN.--A qui en as-tu, brutal que tu es? Qui que tu sois, je ne te connais pas. Pourquoi donc te livrerais-je? N'est-ce pas assez d'être entré dans mon jardin, contre ma volonté, à moi qui en suis le propriétaire, et d'y venir comme un voleur par-dessus les murs dérober les fruits de ma terre? il faut que tu me braves encore par tes propos insolents!

CADE.--Te braver? oui, par le meilleur sang qui ait jamais été tiré, et te faire la barbe encore. Regarde-moi bien; je n'ai pas mangé depuis cinq jours: viens cependant avec tes cinq hommes, et si je ne vous étends pas là, roides comme un clou de porte, je prie Dieu qu'il ne me soit plus permis de manger un seul brin d'herbe.

IDEN.--Non, il ne sera jamais dit, tant que l'Angleterre subsistera, qu'Alexandre Iden, écuyer de Kent, ait combattu, en nombre inégal, un pauvre homme épuisé par la faim. Fixe sur mes yeux tes yeux assurés, et vois si tu peux m'intimider de tes regards; mesure tes membres contre mes membres, et vois si tu n'es pas le plus petit de beaucoup. Ta main n'est qu'un doigt comparée à mon poing, ta jambe qu'un bâton auprès de cette massue, mon pied soutiendrait le combat contre toute la force que t'a donnée le ciel. Si mon bras s'élève en l'air, ta fosse est déjà creusée en terre; et au lieu de paroles supérieures aux tiennes et dont la grandeur puisse répondre au reste de mes discours, je charge mon épée de te dire ce que t'épargne ma langue.

CADE.--Par ma valeur, c'est bien le champion le plus accompli dont j'aie jamais ouï parler! Toi, fer, si tu fléchis, et si, avant de t'endormir dans le fourreau, tu ne fais pas une émincée de boeuf de cette énorme charpente de paysan, je prie Dieu à genoux que tu serves à faire des clous de fer à cheval. *(Ils se battent, Cade tombe.)* Oh! je suis mort. C'est la famine, pas autre chose qui m'a tué. Envoie dix mille démons contre moi; pourvu que tu me donnes seulement les dix repas que j'ai perdus, je les défie tous. Sèche, jardin, et sois désormais la sépulture de tous ceux qui vivent dans cette maison, puisqu'ici l'âme indomptée de Cade s'est évanouie.

IDEN.--Est-ce donc Cade que j'ai tué? Cet horrible traître? O mon épée! je veux te consacrer pour cet exploit, et quand je serai mort, te faire suspendre sur ma tombe. Jamais ce sang ne sera essuyé de ta pointe: tu le porteras comme un écusson glorieux, emblème de l'honneur que s'est acquis ton maître.

CADE.--Iden, adieu, et sois fier de ta victoire; dis au pays de Kent, de ma part, qu'il a perdu son meilleur soldat, et exhorte tous les hommes à être des lâches; car moi je ne redoutai jamais personne, je suis vaincu par la famine, et non par la valeur.

(Il meurt.)

IDEN.--Tu me fais injure. Que le ciel soit mon juge! Meurs, scélérat maudit, malédiction sur celle qui t'a porté dans son sein! Et comme j'enfonce mon épée dans ton corps, puisse-je enfoncer ton âme dans l'enfer! Je veux te traîner par les pieds dans un fumier qui te servira de tombeau. Là, je couperai ta tête proscrite, et je la porterai en triomphe au roi, laissant ton corps pour pâture aux corbeaux des champs.

(Il sort en traînant le corps.)

FIN DU QUATRIÈME ACTE.

ACTE CINQUIÈME

SCÈNE I

Plaines entre Dartford et Blackheath.

D'un côté le camp du roi, de l'autre entre YORK *avec sa suite, des tambours et des drapeaux; ses troupes à quelque distance.*

YORK.--Ainsi, York revient de l'Irlande pour revendiquer ses droits et arracher la couronne de la tête du faible Henri. Cloches, sonnez à grand bruit; feux de joie, brûlez d'une flamme claire et brillante, pour fêter le monarque légitime de l'illustre Angleterre.--Ah! *sancta majestas*, qui ne voudrait t'acheter au plus haut prix! Qu'ils obéissent, ceux qui ne savent pas gouverner. Cette main fut faite pour ne manier que l'or. Je ne puis donner à mes paroles l'influence qui leur appartient, si cette main ne balance une épée ou un sceptre. S'il est vrai que j'aie une âme, elle aura un sceptre, sur lequel s'agiteront les fleurs de lis de la France. (*Entre Buckingham.*) Qui vois-je s'avancer? Buckingham, qui vient me gêner par sa présence. Sûrement c'est le roi qui l'envoie: dissimulons.

BUCKINGHAM.--York, si tes intentions sont bonnes, je te salue de bon coeur.

YORK.--Humphroy de Buckingham, je reçois ton salut. Es-tu envoyé, ou viens-tu de ton propre mouvement?

BUCKINGHAM.--Envoyé par Henri, notre redouté souverain, pour savoir la raison de cette prise d'armes en temps de paix, ou pour que tu me dises à quel titre, toi, sujet comme moi, et contre ton serment d'obéissance et de fidélité, tu assembles, sans l'ordre du roi, ce grand nombre de soldats, et oses conduire tes troupes si près de sa cour.

YORK, *à part.*--A peine puis-je parler tant est grande ma colère. Oh! dans l'indignation que m'inspirent ces paroles avilissantes, que ne puis-je déraciner les rochers et me battre contre la pierre! et que n'ai-je en ce moment, comme Ajax, le fils de Télamon, le pouvoir de décharger ma furie sur des boeufs et des brebis! Je suis né bien plus haut que ce roi, bien plus semblable à un roi, bien plus roi par mes pensées... Mais je dois encore un peu de temps affecter la sérénité, jusqu'à ce que Henri soit plus faible et moi plus fort. (*Haut.*) Oh! Buckingham, pardonne-moi, je te prie, d'avoir été si longtemps sans te répondre; mon esprit était absorbé par une profonde mélancolie.--Mon but, en amenant cette armée, est... d'éloigner du roi l'orgueilleux Somerset, traître envers Sa Grâce et envers l'État.

BUCKINGHAM.--Cela est trop présomptueux de ta part. Cependant, si cet armement n'a point d'autre but, le roi a cédé à ta demande: le duc de Somerset est à la Tour.

YORK.--Sur ton honneur, est-il en prison?

BUCKINGHAM.--Sur mon honneur, il est en prison.

YORK.--En ce cas, Buckingham, je congédie mon armée. Soldats, je vous remercie tous: dispersez-vous, et venez demain me trouver aux prés de Saint-George; vous y recevrez votre paye, et tout ce que vous pourrez désirer. Que mon souverain, le vertueux Henri, me demande mon fils aîné; que dis-je! tous mes fils, comme otages de ma fidélité et de mon attachement: je les lui remettrai tous avec autant de satisfaction que j'en ai à vivre. Terres, biens, cheval, armure, tout ce que je possède est à ses ordres, comme il est vrai que je désire que Somerset périsse.

BUCKINGHAM.--York, je loue cette affectueuse soumission, et nous allons nous rendre ensemble à la tente du roi.

(Entre le roi avec sa suite.)

LE ROI.--Buckingham, York n'a-t-il donc point dessein de nous nuire, que je le vois s'avancer ainsi son bras passé dans le tien?

YORK.--York vient, rempli de soumission et de respect, se présenter à Votre Majesté.

LE ROI.--Dans quelle intention as-tu donc amené toutes ces troupes?

YORK.--Pour enlever d'auprès de vous le traître Somerset, et pour marcher contre Cade, cet abominable rebelle, que je viens d'apprendre avoir été défait.

(Entre Iden avec la tête de Cade.)

IDEN.--Si un homme grossier comme moi et d'une aussi basse condition peut paraître en la présence d'un roi, je viens offrir à Votre Grâce la tête d'un traître, la tête de Cade que j'ai tué en combat.

LE ROI.--La tête de Cade! Grand Dieu, quelle est ta justice! Oh! laisse-moi regarder mort le visage de celui qui vivant m'a suscité de si cruels embarras. Dis-moi, mon ami; est-ce toi qui l'as tué?

IDEN.--C'est moi-même, n'en déplaise à Votre Majesté.

LE ROI.--Comment t'appelles-tu? quelle est ta condition?

IDEN.--Alexandre Iden est mon nom, un pauvre écuyer de Kent, qui aime son roi.

BUCKINGHAM.--Avec votre permission, seigneur, il ne serait pas mal de le créer chevalier pour un pareil service.

LE ROI.--Iden, mets-toi à genoux (il se met à genoux), et relève-toi chevalier. Je te donne mille marcs pour récompense, et je veux que désormais tu demeures attaché à notre suite.

IDEN.--Puisse Iden vivre pour mériter tant de bonté! et ne vivre jamais que pour être fidèle à son souverain!

(Entrent la reine Marguerite, Somerset.)

LE ROI.--Voyez, Buckingham, voilà Somerset qui s'approche avec la reine; allez la prier de le cacher promptement aux regards du duc.

MARGUERITE.--Pour mille York, il ne cachera pas sa tête; mais il demeurera hardiment pour l'affronter en face.

YORK.--Quoi donc! Somerset en liberté! S'il en est ainsi, York, laisse donc un libre cours à tes pensées emprisonnées trop longtemps, et que ta langue parle comme ton coeur? Endurerai-je la vue de Somerset? Perfide roi, pourquoi as-tu rompu ta foi avec moi, toi qui sais combien je souffre peu qu'on m'outrage? T'appellerai-je donc roi? Non, tu n'es point un roi, tu n'es point propre à gouverner ni à régir des peuples, toi qui n'oses pas, qui ne peux pas maîtriser un traître. Ta tête ne sait point porter une couronne. Ta main est faite pour serrer le bâton de palmier, non pour soutenir le sceptre imposant d'un souverain. C'est mon front qui doit ceindre l'or de la couronne; ce front dont la sérénité ou la colère peut, comme la lance d'Achille, tuer ou guérir par ses divers mouvements. Voilà la main qui saura tenir un sceptre, qui saura établir ses lois suprêmes. Cède-moi la place. Par le ciel, tu ne régneras pas plus longtemps sur celui que le ciel a créé pour régner sur toi.

SOMERSET.--O épouvantable traître! je t'arrête, York, pour crime de haute trahison contre le roi et la couronne. Obéis, traître audacieux. A genoux, pour demander grâce.

YORK.--Moi, me mettre à genoux! demande d'abord à mes genoux s'ils souffriront que je plie devant un homme. Qu'on appelle mes fils pour me servir de caution. *(Sort un homme de la suite.)* Je suis bien sûr qu'avant qu'ils me laissent conduire en prison, leurs épées se rendront caution de mon affranchissement.

MARGUERITE.--Qu'on cherche Clifford: priez-le de venir promptement, et qu'il nous dise si les bâtards d'York peuvent servir de caution à leur traître de père.

YORK.--O Napolitaine teinte de sang, rebut proscrit de Naples, fléau sanguinaire de l'Angleterre! Les fils d'York, bien meilleurs que toi par la naissance, seront la caution de leur père: malheur à ceux qui la refuseraient! *(Entrent d'un côté Édouard et Richard Plantagenet avec des soldats; et de l'autre aussi avec des soldats, le vieux Clifford et son fils.)* Vois s'ils viennent; je réponds qu'ils tiendront ma parole.

MARGUERITE.--Et voilà Clifford qui arrive pour rejeter leur caution.

CLIFFORD.--Salut et bonheur à mon seigneur roi!

YORK.--Je te rends grâces, Clifford: dis quel sujet t'amène. Ne nous chagrine pas par un regard ennemi, c'est nous qui sommes ton souverain, Clifford; fléchis de nouveau le genou, nous te pardonnerons de t'être mépris.

CLIFFORD.--Voici mon roi, York; je ne me méprends point. Mais, toi, tu te méprends fort de m'imputer une méprise. Il le faut envoyer à Bedlam: cet homme est-il devenu fou?

LE ROI.--Oui, Clifford, une folie ambitieuse le porte à s'élever contre son roi.

CLIFFORD.--C'est un traître. Faites-le conduire à la Tour, et qu'on vous mette à bas sa tête séditieuse.

MARGUERITE.--Il est arrêté; mais il ne veut pas obéir. Ses fils, dit-il, donneront pour lui leur parole.

YORK.--N'y consentez-vous pas, mes enfants?

ÉDOUARD PLANTAGENET.--Oui, mon noble père, si nos paroles peuvent vous servir.

RICHARD PLANTAGENET.--Et si nos paroles ne le peuvent, ce sera nos épées.

CLIFFORD.--Quoi? quelle race de traîtres avons-nous donc ici?

YORK.--Regarde dans un miroir, et donne ce nom à ton image. Je suis ton roi, et toi un traître au coeur faux. Appelez ici, pour se placer au poteau [24], mes deux braves ours; que du seul bruit de leurs chaînes ils fassent trembler ces chiens félons qui tournent timidement autour d'eux. Priez Salisbury et Warwick de se rendre près de moi.

Note 24: (retour) Call hither to the stake.

Cette allusion de l'ours qu'on enchaînait à un poteau, et qu'on faisait harceler par une meute de chiens, est familière à Shakspeare pour désigner un guerrier redoutable. Un ours rampant était l'écusson des Nevils.

(Tambours. Entrent Salisbury et Warwick avec des soldats.)

CLIFFORD.--Sont-ce là tes ours? Eh bien! je harcèlerai tes ours jusqu'à la mort, et de leurs chaînes j'attacherai le gardien d'ours lui-même, s'il se hasarde à les conduire dans la lice.

RICHARD PLANTAGENET.--J'ai vu souvent un dogue ardent et présomptueux se retourner et mordre celui qui l'empêchait de s'élancer; puis aussitôt que, laissé en liberté, il sentait la patte cruelle de l'ours, je l'ai vu serrer la queue entre ses jambes en poussant des cris; tel est le rôle que vous jouerez, si vous vous mesurez en ennemi avec le lord Warwick.

CLIFFORD.--Loin d'ici, amas de disgrâces, hideuse et grossière ébauche, aussi difforme par ton âme que par ta figure!

YORK.--Nous allons dans peu vous échauffer autrement.

CLIFFORD.--Prenez garde que cette chaleur ne vous brûle vous-même.

LE ROI.--Quoi, Warwick! Tes genoux ont-ils désappris à fléchir?... Et toi, Salisbury, honte sur tes cheveux blancs! Toi, guide insensé, qui égares le coeur malade de ton fils, veux-tu, sur ton lit de mort, jouer le rôle d'un brigand, et chercher ton malheur avec tes lunettes! Oh! où est la foi, où est la loyauté? Si elles sont bannies d'une tête glacée par les ans, où trouveront-elles un refuge sur la terre? Veux-tu donc creuser ton tombeau pour y trouver encore la guerre, et souiller de sang ton âge honorable? Quoi! vieux comme tu l'es, tu manques d'expérience; ou, si tu en as, pourquoi lui fais-tu un tel outrage? Pour ton honneur, rends-toi au devoir, fléchis devant moi ces genoux que ton âge avancé fait déjà plier vers la tombe.

SALISBURY.--Seigneur, j'ai examiné avec moi-même le titre de ce très-renommé duc, et, dans ma conscience, je crois que c'est à Sa Grâce qu'appartient par droit de succession le trône d'Angleterre.

LE ROI.--Ne m'as-tu pas juré fidélité et obéissance?

SALISBURY.--Oui.

LE ROI.--Peux-tu te dégager envers le ciel de la nécessité d'acquitter ton serment?

SALISBURY.--C'est un grand péché de jurer le péché; mais c'en est un plus grand encore de tenir un serment coupable. Quel voeu assez solennel peut contraindre à commettre un meurtre, à dépouiller autrui, à outrager la pudeur d'une vierge sans tache, à ravir le patrimoine de l'orphelin, à priver la veuve de ses droits légitimes, sans autre raison de cette injustice que le lien d'un serment solennel?

MARGUERITE.--Un traître subtil n'a pas besoin de sophiste.

LE ROI.--Appelez Buckingham; dites-lui de s'armer.

YORK.--Appelle Buckingham, Henri, et tout ce que tu as d'amis. Je suis résolu à mourir ou à régner.

CLIFFORD.--Je te garantis le premier, si les songes prédisent la vérité.

WARWICK.--Tu ferais mieux de regagner ton lit et d'y aller rêver encore, pour te mettre à l'abri de la tempête du champ de bataille.

CLIFFORD.--Je suis résolu à soutenir une tempête plus terrible que celle qu'il est en ton pouvoir de susciter aujourd'hui; et je compte écrire cette résolution sur ton cimier, si je puis seulement te reconnaître aux armes de ta maison.

WARWICK.--Oui, j'en jure par les armoiries de mon père, par l'ancien écu des Nevil, l'ours rampant enchaîné à un poteau tortueux, je veux porter aujourd'hui mon panache élevé, comme le cèdre qui se déploie sur le sommet d'une montagne et conserve son feuillage en dépit de la tempête, pour te faire trembler seulement à le voir.

CLIFFORD.--Et moi, je t'arracherai ton ours de dessus ton casque, et le foulerai sous mes pieds avec tout le mépris dont je suis capable, en haine du gardeur d'ours par qui l'ours sera défendu.

LE JEUNE CLIFFORD.--Aux armes donc, mon victorieux père, pour réprimer ces rebelles et leurs complices.

RICHARD PLANTAGENET.--Fi donc! pour votre honneur un peu plus de charité; ne proférez point de paroles de haine, car vous souperez ce soir avec *Jésus-Christ.*

LE JEUNE CLIFFORD.--Odieux signe de colère, c'est plus que tu n'en peux dire.

RICHARD PLANTAGENET.--Si ce n'est pas dans le ciel que vous souperez, ce sera donc sûrement en enfer.

(Ils sortent de différents côtés.)

SCÈNE II

Saint-Albans.

Alarmes, combattants qui passent et repassent Entre WARWICK.

WARWICK.--Clifford de Cumberland, c'est Warwick qui t'appelle; et si tu ne te caches pas devant l'ours, maintenant que les trompettes furieuses sonnent l'alarme et que les cris des mourants remplissent le vide des airs, Clifford, je t'appelle. Viens et combats contre moi, orgueilleux lord du nord.

Clifford de Cumberland, Warwick s'enroue à force de t'appeler aux armes. *(Entre York.)* Quoi! mon noble lord, comment, à pied?

YORK.--Clifford, dont la mort arme le bras, vient de tuer mon cheval; mais coup pour coup, et au même moment, j'ai fait de cette excellente bête qu'il aimait tant un repas pour les vautours et les corbeaux.

(Entre Clifford.)

WARWICK.--L'heure de l'un de nous ou de tous deux est arrivée.

YORK.--Arrête, Warwick, et cherche ailleurs quelque autre proie; car c'est moi qui dois poursuivre celle-ci jusqu'à la mort.

WARWICK.--En ce cas, fais vaillamment, York; c'est pour une couronne que tu combats Clifford; comme il est vrai que je compte réussir aujourd'hui, j'ai du chagrin au coeur de te quitter sans te combattre.

(Warwick sort.)

CLIFFORD.--Que vois-tu donc en moi, York? Pourquoi t'arrêter ainsi?

YORK.--J'aimerais ta contenance guerrière si tu ne m'étais pas si profondément ennemi.

CLIFFORD.--Et l'on ne refuserait pas à ta valeur la louange et l'estime, si tu ne l'employais honteusement et pour le crime.

YORK.--Puisse-t-elle me défendre contre ton épée, comme il est vrai qu'elle soutient la justice et la bonne cause!

CLIFFORD.--Mon âme et mon corps ensemble sur cette affaire-ci.

YORK.--Voilà un terrible gage. En garde sur-le-champ.

(Ils combattent, Clifford tombe.)

CLIFFORD.--*La fin couronne les oeuvres* [25].

Note 25: (retour) Clifford dit ces paroles en français: il ne mourut point de la main du duc d'York, mais fut tué dans la mêlée. Sa mort est ainsi racontée dans la troisième partie de *Henri VI*, et la même incohérence se remarque dans les pièces originales. C'est une inadvertance comme on en rencontre souvent dans Shakspeare.

(Il meurt.)

YORK.--Ainsi la guerre t'a donné la paix, car te voilà tranquille. Que le repos soit avec son âme, si c'est la volonté du ciel!

(Il sort.)

(Entre le jeune Clifford.)

LE JEUNE CLIFFORD.--Honte et confusion! Tout est en déroute. La peur crée le désordre, et le désordre frappe ceux qu'il faudrait défendre. O guerre! fille des enfers, dont le ciel irrité a fait l'instrument de sa colère, jette dans les coeurs glacés des nôtres les charbons brûlants de la vengeance! Ne laisse pas fuir un soldat. L'homme qui s'est vraiment consacré à la guerre ne connaît pas l'amour de soi. Quiconque s'aime soi-même n'a point essentiellement, mais seulement par le hasard des circonstances, les caractères de la valeur..... (*Voyant son père mort.*) O que ce vil monde prenne fin, et que les flammes du dernier jour confondent, avant le temps, la terre et le ciel embrasés ensemble! Que le souffle de la trompette universelle se fasse entendre et impose silence au son mesquin des divers bruits du monde! Père chéri, étais-tu donc destiné à perdre ta jeunesse dans la paix, et à revêtir les couleurs argentées de l'âge, de la prudence, pour venir, aux jours vénérables où l'on garde la maison, périr dans une mêlée de brigands. A cette vue, mon coeur se change en pierre, et tant qu'il m'appartiendra il demeurera dur comme elle.--York n'épargne point nos vieillards, je n'épargnerai pas davantage leurs enfants. Les larmes des jeunes vierges feront sur mon coeur l'effet de la rosée sur la flamme; et la beauté, qui si souvent a rappelé les tyrans à la clémence, ne fera, comme l'huile et la cire, qu'animer l'ardeur de ma colère. Dès ce moment, la pitié ne m'est plus rien. Si je trouve un enfant de la maison d'York, je le couperai en autant de bouchées que la farouche Médée fit du jeune Absyrte, et je chercherai ma gloire dans la cruauté. (*Il prend sur ses épaules le corps de son père.*) Viens, toi, ruine récente de l'antique maison de Clifford; comme Énée emporta le vieil Anchise, je vais te charger sur mes robustes épaules. Mais Énée portait une charge vivante, elle ne lui pesait pas ce que me pèsent mes douleurs.

(Il sort.)

(Entrent Richard Plantagenet et Somerset: ils combattent, Somerset est tué.)

RICHARD PLANTAGENET.--Te voilà donc là gisant! Par sa mort sous une misérable enseigne du château de Saint-Albans, mise à la porte d'un cabaret, Somerset va rendre fameuse la sorcière qui l'a prédite [26]. Fer, conserve ta trempe; coeur, continue d'être impitoyable. Les prêtres prient pour leurs ennemis, mais les princes tuent.

(Il sort.)

Note 26: (retour) La sorcière avait prédit à Somerset qu'il aurait à se garder des châteaux qui se tiennent en haut, that mounted stand, et il meurt sous l'enseigne du château de Saint-Albans, à la porte d'un cabaret.

(Alarmes. Différentes excursions des deux partis. Entrent le roi Henri et la reine Marguerite et quelques autres faisant retraite.)

MARGUERITE.--Fuyez, seigneur. Que vous êtes lent! N'avez-vous pas de honte? fuyez.

LE ROI.--Pouvons-nous fuir les volontés du ciel? Chère Marguerite, arrêtez.

MARGUERITE.--De quelle nature êtes-vous donc? Vous ne voulez ni combattre ni fuir. Maintenant c'est force d'esprit, sagesse et sûreté, de céder le champ aux ennemis, et de garantir notre vie par tous les moyens possibles, puisque tout ce que nous pouvons c'est de fuir. (On entend au loin une alarme.) Si vous êtes pris, nous sommes au bout de nos ressources; mais si nous avons le bonheur d'échapper, comme le temps nous en reste, si nous ne le perdons pas par votre négligence, nous pourrons gagner Londres où vous êtes aimé, et où l'échec de cette journée pourra être promptement réparé.

(Entre le jeune Clifford.)

CLIFFORD.--Si je n'avais attaché toute mon âme à l'espoir de leur nuire un jour, vous m'entendriez blasphémer, plutôt que de vous engager à fuir. Mais fuyez, il le faut. L'incurable découragement règne dans le coeur de notre parti. Fuyez pour votre salut, et nous vivrons pour voir arriver leur tour, et leur transmettre notre fortune. Hâtez-vous, seigneur; fuyez.

SCÈNE III

Plaines près de Saint-Albans.

Une alarme, retraite, fanfare. Puis entrent YORK, RICHARD PLANTAGENET, WARWICK *et des soldats avec des tambours et des drapeaux.*

YORK.--Qui peut raconter les exploits de Salisbury, ce lion d'hiver, qui dans sa colère oubliant les contusions de l'âge et les coups du temps, semblable à un guerrier paré des traits de la jeunesse, se ranime par le danger? cet heureux jour perd tout son mérite, et nous n'avons rien gagné, si nous avons perdu Salisbury.

RICHARD PLANTAGENET.--Mon noble père, trois fois aujourd'hui je l'ai aidé à remonter sur son cheval; trois fois je l'ai défendu renversé à terre, trois fois je l'ai conduit hors de la mêlée, et l'ai voulu engager à quitter le champ de bataille, et je l'ai toujours retrouvé au sein du danger: telle qu'une riche tenture dans une simple demeure, telle était sa volonté dans son vieux et faible corps. Mais voyez, le voilà qui s'approche, ce noble guerrier.

(Entre Salisbury.)

SALISBURY, *à Richard*.--Par mon épée! tu as bien combattu aujourd'hui; par la messe! nous en avons tous fait autant.--Je vous remercie, Richard. Dieu sait combien j'ai encore de temps à vivre, et il a permis que trois fois, aujourd'hui, vous m'ayez sauvé d'une mort imminente. Mais, lords, ce que nous tenons n'est pas encore à nous: ce n'est pas assez que nos ennemis aient fui cette fois: ils sont en situation de réparer bientôt cet échec.

YORK.--Je sais que notre sûreté est de les poursuivre; car j'apprends que le roi a fui vers Londres, pour y convoquer sans délai le parlement. Marchons sur ses pas avant que les lettres de convocation aient eu le temps de partir. Qu'en dit lord Warwick? Irons-nous après eux?

WARWICK.--Après eux! avant eux si nous le pouvons.--Par ma foi, milords, ç'a été une glorieuse journée! la bataille de Saint-Albans, gagnée par l'illustre York, vivra éternellement dans la mémoire des siècles futurs. Résonnez, tambours et trompettes, et marchons tous vers Londres. Et puissions-nous avoir encore d'autres jours semblables à celui-ci!

(Tous sortent.)

FIN DU CINQUIÈME ET DERNIER ACTE.

Milton Keynes UK
Ingram Content Group UK Ltd.
UKHW010627080324
438959UK00005B/355